www.ingramcontent.com/pod-product-compliance
Lightning Source LLC
LaVergne TN
LVHW010829051026
849532LV00007B/2652
* 9 7 8 9 3 5 8 7 2 6 0 4 6 *

پوم پوم ڈارلنگ

(افسانے)

عصمت چغتائی

Pom Pom Darling *(Short Stories)*

by: Ismat Chughtai

Edition: August '2024

Publisher :

Taemeer Publications LLC (Michigan, USA / Hyderabad, India)

ISBN 978-93-5872-604-6

9 789358 726046

کتاب	:	**پوم پوم ڈارلنگ** (افسانے)
مصنفہ	:	**عصمت چغتائی**
صنف	:	فکشن
ناشر	:	تعمیر پبلی کیشنز (حیدرآباد، انڈیا)
سالِ اشاعت	:	۲۰۲۴ء
صفحات	:	۱۰۸
سرورق ڈیزائن	:	تعمیر ویب ڈیزائن

فہرست

(۱)	چوتھی کا جوڑا	7
(۲)	پوم پوم ڈارلنگ	27
(۳)	جڑیں	46
(۴)	سونے کا انڈا	63
(۵)	یہ بچے	73
(۶)	لال چیونٹے	81
(۷)	چھوئی موئی	100

عصمت چغتائی کے افسانے

عصمت چغتائی کے افسانے درحقیقت ایک 'انسائیکلوپیڈیا' ہیں۔ جن میں عورت کے حوالے سے معلومات کی ایسی روشنی موجود ہے کہ کھلی آنکھوں سے مطالعہ کرنے والوں کے ذہن اور قلب منور ہوتے چلے جاتے ہیں۔ عصمت چغتائی نے عورت ذات ہونے کے ناطے انسانی جذبات و احساسات، فطرت و جلّت، مجبوری و بے بسی، اُمنگوں، نفسیاتی الجھنوں، جنسی مسائل، سماجی و معاشرتی روایات، شوخیوں، شرارتوں، بناوٹوں، تصنع، عداوتوں اور خباثتوں کا بنظر دقیق مطالعہ کیا ہے۔ عورت کی انسانی کمزوریوں کی طرف سے انہوں نے آنکھ بند نہیں کی بلکہ عورت کے ہر طرح کے رنگ ڈھنگ ہمارے سامنے لاکر ان کی تہہ میں چھپے ہوئے کرب اور بے چارگی و بے بسی کو نمایاں کیا ہے۔

عصمت چغتائی نے اپنے افسانوں کے ذریعے ہر عمر کی پردہ نشین گھریلو خواتین اور گھر سے باہر کی عورتوں کی نفسیات اور ان کی جنسی احساسات و جذبات کے بیان میں انتہائی دروں بینی، داخلیت اور بے باک حقیقت نگاری سے کام لیا ہے۔ عصمت کے ان افسانوں میں ان کی غیر معمولی صلاحیت دیکھنے کو ملتی ہے اور ایک ایسی فنکار عورت کی شبیہ اُبھرتی ہے جو بے خوف اور نڈر ہے۔ یہ باغی عورت نتائج سے بے پرواہ ہو کر مظلوم اور معصوم عورتوں کے بارے میں مختلف زاویوں سے لکھتی ہے۔

عصمت نے ان عورتوں کے بارے میں کھل کر لکھا ہے، جن کی زندگی ادھوری اور ناکام رہی، جو چہار دیواری میں پلیں اور جن کی عمر آنگنوں اور دالانوں میں سہمی سہمی گزر گئی۔ اس زاویہ سے دیکھا جائے تو کہا جا سکتا ہے کہ عصمت کی کہانی نے اردو نسائی فکشن کی روایت میں ایک غیر معمولی تاریخی رول ادا کیا ہے۔

چوتھی کا جوڑا

سہ دری کے چوکے پر آج پھر صاف ستھری جازم بچھی تھی۔ ٹوٹی ہوئی کھپریل کی جھریوں میں سے دھوپ کے آڑے ترچھے قتلے پورے دالان میں بکھرے ہوئے تھے۔ محلے ٹولے کی عورتیں خاموش اور سہمی ہوئی سی بیٹھی ہوئی تھیں جیسے کوئی بڑی واردات ہونے والی ہو۔ ماؤں نے بچے چھاتیوں سے لگا لیے تھے۔ کبھی کبھی کوئی منحنی سا چڑچڑا بچہ رسد کی کمی کی دہائی دے کر چلا اٹھتا۔

"نائیں نائیں میرے لال" دبلی پتلی ماں اسے اپنے گھٹنے پر لٹا کر یوں ہلاتی جیسے دھان ملے چاول سوپ میں پھٹک رہی ہو، اور بچہ ہنکارے بھر کر خاموش ہو جاتا۔

آج کتنی آس بھری نگاہیں کبریٰ کی ماں کے متفکر چہرے کو تک رہی تھیں۔ چھوٹے عرض کی ٹول کے دو پاٹ تو جوڑ لیے گئے تھے، مگر ابھی سفید گزی کا نشان لگانے کی کسی کو ہمت نہ پڑتی تھی۔ کاٹ چھانٹ کے معاملہ میں کبریٰ کی ماں کا مرتبہ بہت اونچا تھا، ان کے سوکھے سوکھے ہاتھوں نے نہ جانے کتنے جہیز سنوارے تھے، کتنے چھٹی چھوچھک تیار کیے تھے اور کتنے ہی کفن بیونتے تھے۔ جہاں کہیں محلہ میں کپڑا کم پڑ جاتا اور لاکھ جتن پر بھی بیونت نہ بیٹھتی، کبریٰ کی ماں کے پاس کیس لایا جاتا۔

کبریٰ کی ماں کپڑے کی کان نکالتیں، کلف توڑتیں، کبھی تکون بناتیں، کبھی چوکھونٹا کرتیں اور دل ہی دل میں قینچی چلاکر آنکھوں سے ناپ تول کر مسکرا پڑتیں۔

"آستین اور گھیر تو نکل آئیگا، گریبان کے لئے کترن میری بُقچی سے لے لو" اور مشکل آسان ہوجاتی۔ کپڑا تراش کردہ کترنوں کی پنڈی بناکر پکڑا دیتیں۔

پر آج تو سفید گزی کا ٹکڑا بہت ہی چھوٹا تھا۔ اور سب کو یقین تھا کہ آج تو کبریٰ کی ماں کی ناپ تول ہار جائے گی، جب ہی تو سب دم سادھے اُن کا منہ تاک رہی تھیں۔ کبریٰ کی ماں کے پُراستقلال چہرے پر فکر کی کوئی شکن نہ تھی، چار گرہ گزی کے ٹکڑے کو وہ نگاہوں سے بیونت رہی تھیں، لال ٹول کا عکس ان کے نیلگوں زرد چہرے پر شفق کی طرح پھوٹ رہا تھا۔ وہ اُداس اُداس گہری جھریاں اندھیری گھٹاؤں کی طرح ایک دم اُجاگر ہوگئیں، جیسے گھنے جنگل میں آگ بھڑک اٹھی ہو، اور انھوں نے مسکراکر قینچی اُٹھالی۔

محلہ والیوں کے جمگھٹے سے ایک لمبی اطمینان کی سانس اُبھری۔ گود کے بچے بھی ٹھسک دیے گئے۔ چیل جیسی نگاہوں والی کنواریوں نے لپاجھپ سوئی کے ناکوں میں ڈورے پرو دیئے۔ نئی بیاہی دلہنوں نے انگشتانے پہن لیے۔ کبریٰ کی ماں کی قینچی چل پڑی تھی۔

سہ دری کے آخری کونے میں پلنگڑی پر حمیدہ پیر لٹکائے، ہتھیلی پر ٹھوڑی رکھے دور کچھ سوچ رہی تھی۔

دوپہر کا کھانا نمٹا کر اسی طرح بی اماں سہ دری کی چوکی پر جا بیٹھتی ہیں اور بُقچی کھول کر رنگ برنگے کپڑوں کا جال بکھیر دیا کرتی ہیں۔ کونڈی کے پاس بیٹھی برتن مانجھتی

ہوتی کبریٰ کن انکھیوں سے اُن لال کپڑوں کو دیکھتی تو ایک سُرخ چھپکلی سی اس کے زردی مائل مٹیالے رنگ میں لپک اُٹھتی۔ روپہلی کٹوریوں کے جال جب پولے پولے ہاتھوں سے کھول کر اپنے زانوؤں پر پھیلاتیں تو ان کا مرجھایا ہوا چہرہ ایک عجیب ارمان بھری روشنی سے جگمگا اٹھتا ــــ گہری صندوقوں جیسی شِکنوں پر کٹوریوں کا عکس ننھی ننھی مشعلوں کی طرح جگمگانے لگتا، ہر ٹانکے پر زری کا کام ہلتا اور مشعلیں کپکپا اُٹھتیں۔

یاد نہیں کب اِس شبنمی دوپٹے کے بنے ٹنکے تیار ہوئے اور گاڑی کے بھاری قبر جیسے صندوق کی تہ میں ڈوب گئے۔ کٹوریوں کے جال دُھندلا گئے۔ گنگا جمنی کرنیں ماند پڑ گئیں۔ طولی کے لچھے اداس ہو گئے۔ مگر کبریٰ کی برات نہ آئی۔ جب ایک جوڑا پرانا ہو جاتا تو اسے چالے کا جوڑا کہہ کر سینت دیا جاتا، اور پھر ایک نئے جوڑے کے ساتھ نئی امیدوں کا افتتاح ہو جاتا۔ بڑی چھان بین کے بعد نئی دلھن چھانٹی جاتی۔ سہ دری کے چوکے پر صاف ستھری جازم بچھتی۔ محلہ کی عورتیں ہاتھ میں پاندان، اور بغلوں میں بچے دبائے جھانجھیں بجاتی آن پہنچتیں۔

"چھوٹے کپڑے کی گوٹ تو اُتر آئے گی، پر بچیوں کا کپڑا نہ نکلے گا۔"

"لو بُوا۔ لو اور سُنو۔ تو کیا نگوڑی ماری ٹول کی چولیں پڑیں گی؟" اور پھر سب کے چہرے فکرمند ہو جاتے۔ کبریٰ کی ماں خاموش کیمیاگر کی طرح آنکھوں کے فیتے سے طول و عرض ناپتیں، اور بیویاں آپس میں چھوٹے کپڑے کے متعلق کھُسر پھُسر کر کے قہقہہ لگاتیں ایسے میں کوئی من چلی کوئی سہاگ یا بنا چھیڑ دیتی، کوئی اور چار ہاتھ آگے والی سمدھنوں کو گالیاں سنانے لگتی، بیہودہ گندے مذاق اور چہلیں شروع ہو جاتیں۔ ایسے موقعوں پر کنواری بالیوں کو سہ دری سے دور سر ڈھانک کر کھپریل میں بیٹھنے کا حکم دے دیا جاتا

اور جب کوئی نیا قہقہہ سہ دری سے ابھرتا تو بے چاریاں ایک ٹھنڈی سانس بھر کر رہ جائیں۔ اللہ! یہ قہقہے انھیں خود کب نصیب ہوں گے

اس چہل پہل سے دور کبریٰ شرم کی ماری مچھر دں والی کوٹھری میں سر جھکائے بیٹھی رہتی۔ اتنے میں کتر بیونت نہایت نازک مرحلہ پہ پہنچ جاتی۔ کوئی کلی الٹی کٹ جاتی اور اس کے ساتھ بیویوں کی مت بھی کٹ جاتی۔ کبریٰ سہم کر دروازے کی آڑ سے جھانکتی۔

یہی تو مشکل تھی، کوئی جوڑا اللہ مارا چین سے نہ سلنے پایا۔ جو کلی الٹی کٹ جائے تو جان لو نائن کی لگائی ہوئی بات میں ضرور کوئی اڑنگا لگے گا۔ یا تو دولہ کی کوئی داشتہ نکل آئے گی یا اس کی ماں ٹھوس کڑوں کا اڑنگا باندھے گی۔ جو گوٹ میں کان آجائے تو سمجھ لو یا تو مہر پہ بات ٹوٹے گی یا بھرت کے پایوں کے پلنگ پر جھگڑا ہو گا۔ جوستی کے جوڑے کا شگون بڑا نازک ہوتا ہے۔ بی اماں کی ساری مشاقی اور سگھڑاپا دھرا رہ جاتا۔ نہ جانے عین وقت پر کیا ہو جاتا کہ دھنیا برابر بات طول پکڑ جاتی۔ بسم اللہ کے زور سے سگھڑ ماں نے جہیز جوڑنا شروع کر دیا تھا۔ ذرا سی کتر بھی بچی تو تیلے دانی یا شیشی کا غلاف سی کر دھنک گوکر وسے سنوار کر رکھ دیتیں۔ لڑکی کا کیا ہے کھیرے ککڑی کی طرح بڑھتی ہے۔ جو برات آگئی تو یہی سلیقہ کام آئے گا۔

اور جب سے ابا گذرے سلیقہ کا بھی دم پھول گیا۔ حمیدہ کو ایک دم اپنے ابا یاد آ گئے۔ ابا کتنے دُبلے پتلے لمبے جیسے محرّم کا علم۔ ایک بار جھک جاتے تو سیدھے کھڑا ہونا دشوار تھا۔ صبح ہی صبح اٹھ کر نیم کی مسواک توڑ لیتے اور حمیدہ کو گھٹنے پر بٹھا کر نہ جانے کیا سوچا کرتے۔ پھر سوچتے سوچتے نیم کی مسواک کا کوئی پھونسڑا حلق میں چلا جاتا۔

اور وہ کھانستے ہی چلے جاتے۔ حمیدہ بگڑ کر ان کی گود سے اتر آتی۔ کھانسی کے دھکوں سے یوں ہل ہل جانا اسے قطعی پسند نہ تھا۔ اس کے ننھے سے غصے پر وہ اور ہنستے اور کھانسی سینہ میں بے طرح الجھتی۔ جیسے گردن کٹے کبوتر پھڑپھڑا رہے ہوں۔ پھر بی اماں آکر انھیں سہارا دیتیں۔ پیٹھ پر دھپ دھپ ہاتھ مارتیں۔

"توبہ ہے ایسی بھی کیا ہنسی؟"

اچھو کے دباؤ سے سرخ آنکھیں اوپر اٹھا کر ابا بے بسی سے مسکراتے۔ کھانسی تو رک جاتی مگر وہ دیر تک بیٹھے ہانپا کرتے۔

"کچھ دوا دارو کیوں نہیں کرتے۔ کتنی بار کہا تم سے۔"

"بڑے شفاخانے کا ڈاکٹر کہتا ہے سوئیاں لگواؤ۔ اور روز تین پاؤ دودھ اور آدھی چھٹانک مکھن۔"

"اے خاک پڑے ان ڈاکٹروں کی صورت پر۔ بھلا ایک تو کھانسی، اوپر سے چکنائی، بلغم نہ پیدا کر دے گی۔ حکیم کو دکھاؤ کسی۔"

"دکھاؤں گا۔" ابا حقہ گڑگڑاتے اور پھر اچھو لگتا۔

"آگ لگے اس موئے حقے کو۔ اسی نے تو یہ کھانسی لگائی ہے۔ جوان بیٹی کی طرف بھی دیکھتے ہو آنکھ اٹھا کر۔"

اور اب ابا کبریٰ کی جوانی کی طرف رحم طلب نگاہوں سے دیکھتے۔ کبریٰ جوان تھی۔ کون کہتا تھا جوان تھی۔ وہ تو جیسے بسم اللہ کے دن سے ہی اپنی جوانی کی آمد کی سناؤنی سن کر ٹھٹھک کر رہ گئی تھی۔ نہ جانے کیسی جوانی آئی تھی کہ نہ تو اس کی آنکھوں میں کرنیں ناچیں نہ اس کے رخساروں پر زلفیں پریشان ہوئیں، نہ اس کے

سینے پر طوفان اُٹھے اور نہ کبھی اس نے ساون بھادوں کی گھٹاؤں سے مچل مچل کر پریتم یا ساجن مانگے۔ وہ جھکی جھکی سہمی سہمی جوانی جو نہ جانے کب دبے پاؤں اس پر رینگ آئی، ویسے ہی چپ چاپ نہ جانے کدھر چل دی، میٹھا برس نمکین ہوا اور پھر کڑوا ہو گیا۔

ابا ایک دن چوکھٹ پر اوندھے منہ گرے۔ اور انہیں اٹھانے کے لئے کسی حکیم یا ڈاکٹر کا نسخہ نہ آسکا۔

اور حمیدہ نے میٹھی روٹی کے لئے ضد کرنی چھوڑ دی۔

اور کبریٰ کے پیغام نہ جانے کدھر راستہ بھول گئے۔ جانو کسی کو معلوم ہی نہیں کہ اس ٹاٹ کے پردے کے پیچھے کسی کی جوانی آخری سسکیاں لے رہی ہے اور ایک نئی جوانی سانپ کے پھن کی طرح اٹھ رہی ہے۔

مگر بی اماں کا دستور نہ ٹوٹا۔ وہ اسی طرح روز دوپہر کو سہ دری میں رنگ برنگے کپڑے پھیلا کر گڑیوں کا کھیل کھیلا کرتی ہیں

کہیں نہ کہیں سے جوڑ جمع کر کے شبرات کے مہینے میں کریپ کا دوپٹہ ساڑھے سات روپے میں خرید ہی ڈالا۔ بات ہی ایسی تھی کہ بغیر خریدے گزارہ نہ تھا منجھلے ماموں کا تار آیا کہ ان کا بڑا لڑکا راحت پولیس کی ٹریننگ کے سلسلہ میں آ رہا ہے۔ بی اماں کو تو بس جیسے اک دم گھبراہٹ کا دورہ پڑ گیا۔ جانو چوکھٹ پر برات آن کھڑی ہوئی اور انھوں نے ابھی دلھن کی مانگ کی افشاں بھی نہیں کتری۔ ہول سے تو ان کے چھکے چھوٹ گئے۔ جھٹ اپنی منہ بولی بہن بندو کی ماں کو بلا بھیجا کہ "بہن میرا مری کا منہ دیکھو جو اسی گھڑی نہ آؤ۔"

اور پھر دونوں میں کھسر پھسر ہوئی۔ بیچ میں ایک نظر دونوں کبری پر بھی ڈال لیتیں جو دالان میں بیٹھی چاول پھٹک رہی تھی۔ وہ اس کانا پھوسی کی زبان کو اچھی طرح سمجھتی تھی۔

اسی وقت بی اماں نے کانوں کی چار ماشہ کی لونگیں اتار کر منہ بولی بہن کے حوالے کیں کہ جیسے تیسے کر کے شام تک تولہ بھر گوکھرو، چھ ماشہ سلمہ ستارا اور پاؤ گز نیفے کے لئے ٹول لادیں۔ باہر کی طرف والا کمرہ جھاڑ پونچھ کر تیار کیا۔ تھوڑا سا چونا منگا کر کبری نے اپنے ہاتھوں سے کمرہ پوت ڈالا۔ کمرہ تو چٹا ہو گیا مگر اس کی ہتھیلیوں کی کھال اڑ گئی اور جب وہ شام کو مسالہ پیسنے بیٹھی تو چکر کھا کر دوہری ہو گئی۔ ساری رات کروٹیں بدلتے گزری۔ ایک تو ہتھیلیوں کی وجہ سے دوسرے صبح کی گاڑی سے راحت آرہے تھے۔

"اللہ! میرے اللہ میاں! اب کے تو میری آپا کا نصیبہ کھل جائے۔ میرے اللہ میں سو رکعت نفل تیری درگاہ میں پڑھوں گی۔" حمیدہ نے فجر کی نماز پڑھ کر دعا مانگی۔

صبح جب راحت بھائی آئے تو کبری پہلے ہی سے مچھروں والی کوٹھری میں جا چھپی تھی۔ جب سیویوں اور پراٹھوں کا ناشتہ کر کے بیٹھک میں چلے گئے تو دھیرے دھیرے نئی دلھن کی طرح پیر رکھتی کبری کوٹھری سے نکلی اور جھوٹے برتن اٹھا لئے۔

"لاؤ میں دھو دوں بی آپا" حمیدہ نے شرارت سے کہا

"نہیں" وہ شرم سے جھک گئی۔

حمیدہ چھیڑتی رہی، بی اماں مسکراتی رہیں اور کریپ کے دوپٹے میں لپا ٹانکتی رہیں۔

جس راستہ کان کی لونگیں گئی تھیں اسی راستے پھول، پتہ اور چاندی کی پازیب بھی چل دی، اور پھر ہاتھوں کی دو دو چوڑیاں بھی جو منجھلے ماموں نے رنڈاپا اتارنے پر دی تھیں۔ روکھی سوکھی خود کھا کر آئے دن راحت کے لیے پراٹھے تلے جاتے کوفتے بھنا پلاؤ مہکتے۔ خود سوکھا نوالہ پانی سے آتار کر وہ ہونے والے داماد کو گوشت کے لچھے کھلاتیں۔

"زمانہ بڑا خراب ہے بیٹی" وہ حمیدہ کو منہ پھلاتے دیکھ کر کہا کرتیں اور وہ سوچا کرتی "ہم بھوکے رہ کر داماد کو کھلا رہے ہیں۔ بی آپا صبح سویرے اٹھ کر جادو کی مشین کی طرح جٹ جاتی ہے۔ نہار منہ پانی کا گھونٹ پی کر راحت کے لئے پراٹھے تلتی ہے۔ دودھ اونٹاتی ہے تاکہ موٹی سی بالائی پڑے۔ اس کا بس نہیں تھا کہ وہ اپنی چربی نکال کر ان پراٹھوں میں بھر دے۔ اور کیوں نہ بھرے، آخر کو وہ ایک دن اس کا اپنا ہو جائے گا۔ جو کچھ کمائے گا اس کی ہتھیلی پر رکھ دے گا۔ پھل دینے والے پودے کو کون نہیں سینچتا؟ پھر جب ایک دن پھول کھلیں گے اور پھلوں سے لدی ہوئی ڈالی جھکے گی تو یہ طعنہ دینے والیوں کے منہ پر کیسا جوتا پڑے گا۔ اور اس خیال ہی سے میری بی آپا کے چہرے پر سہاگ کھل اٹھتا۔ کانوں میں شہنائیاں بجنے لگتیں اور وہ راحت بھائی کے کمرے کو پلکوں سے جھاڑتیں۔ اس کے کپڑوں کو پیار سے تہہ کرتیں جیسے وہ کچھ ان سے کہتے ہوں۔ وہ ان کے بدبودار چوہوں جیسے سڑے ہوئے موزے دھوتیں، بساندی بنیان اور ناک سے لبڑے ہوئے رومال صاف کرتیں۔ اس کے تیل میں چپچپاتے ہوئے تکیئے کے غلاف پر سوئیٹ ڈریم کاڑھتیں، پر معاملہ چاروں کونے چوکس نہیں بیٹھ رہا تھا۔ راحت صبح انڈے پراٹھے ڈٹ کر جاتا اور شام کو آکر کوفتے کھا کر سو جاتا اور بی اماں کی منہ بولی بہن حکیمانہ انداز میں

کھُسر پھُسر کرتیں۔

"بڑا شرمیلا ہے بیچارہ" بی اماں تاویلیں پیش کرتیں "ہاں یہ تو ٹھیک ہے پر بھی کچھ تو پتہ چلے رنگ ڈھنگ سے، کچھ آنکھوں سے۔"

"اے نوج، خدا نہ کرے میری لونڈیا آنکھیں لڑائے، اس کا آنچل بھی نہیں دیکھا ہے کسی نے" بی اماں فخر سے کہتیں۔

"اے تو پردہ تڑوانے کو کون کہے ہے۔" بی آپا کے پکتے مہاسوں کو دیکھکر انھیں بی اماں کی دور اندیشی کی داد دینی پڑتی۔

"اے بہن تم تو سچ میں بہت بھولی ہو۔ یہ میں کب کہوں ہوں۔ یہ چھوٹی نگوڑی کون سی بکر ید کو کام آئے گی" وہ میری طرف دیکھ کر ہنستیں "اری او نکسچڑھی! بہنوئی سے کوئی بات چیت، کوئی ہنسی مذاق، اونہہ، اری چل دیوانی۔"

"اے تو میں کیا کروں خالہ؟"

"راحت میاں سے بات چیت کیوں نہیں کرتی؟"

"بھیا ہمیں تو شرم آتی ہے۔"

"اے ہے وہ تجھے پھاڑ ہی تو کھائے گا نا؟" بی اماں چڑھ کر بولتیں۔

"نہیں تو۔ مگر........" میں لاجواب ہوگئی اور پھر سکوت ہوئی۔

بڑی سوچ بچار کے بعد کھل کے کباب بنائے گئے۔ آج بی آپا بھی کئی بار مسکرا پڑیں چپکے سے بولیں،

"دیکھو ہنسنا نہیں نہیں تو سارا کھیل بگڑ جائے گا۔"

"نہیں ہنسوں گی" میں نے وعدہ کیا۔

"کھانا کھا لیجئے" میں نے چوکی پر کھانے کی سینی رکھتے ہوئے کہا۔ پھر چوکی کے نیچے رکھے ہوئے لوٹے سے ہاتھ دھوتے وقت میری طرف سر سے پاؤں تک دیکھا تو میں بھاگی وہاں سے۔

میرا دل دھک دھک کرنے لگا۔ اللہ توبہ کیا خناس آنکھیں ہیں۔

"جا نگوڑی ماری اری دیکھ تو سہی، وہ کیسا منہ بناتا ہے۔ اسے ہے سارا مزہ کرکرا ہو جائے گا۔"

آپا بی نے ایک بار میری طرف دیکھا۔ ان کی آنکھوں میں التجا تھی، لوٹی ہوئی براتوں کا غبار تھا اور جوتی کے پرانے جوڑوں کی مانند اداسی۔ میں سر جھکائے پھر کھمبے سے لگ کر کھڑی ہو گئی۔

راحت خاموش کھاتے رہے۔ میری طرف نہ دیکھا۔ کھلی کے کباب کھاتے دیکھ کر مجھے چاہیے تھا کہ مذاق اڑاؤں، قہقہہ لگاؤں کہ

"واہ جی واہ دولہا بھائی۔ کھلی کے کباب کھا رہے ہو۔" مگر جانو کسی نے میرا نرخرہ دبوچ لیا ہو۔

بی اماں نے جل کر مجھے واپس بلا لیا، اور منہ ہی منہ میں مجھے کوسنے لگیں اب میں ان سے کیا کہتی کہ وہ تو مزے سے کھا رہا ہے کمبخت۔

"راحت بھائی! کوفتے پسند آئے؟" بی اماں کے سکھانے پر میں نے پوچھا۔

جواب ندارد

"بتائیے نا؟"

"اری ٹھیک سے جا کر پوچھ" بی اماں نے ٹہوکا دیا

"آپ نے لا کر دیے اور ہم نے کھائے۔ مزیدار ہی ہوں گے۔"

"ارے واہ رے جنگلی" بی اماں سے نہ رہا گیا۔

"تمہیں پتہ بھی نہ چلا کیا مزے سے کھلی کے کباب کھا گئے۔"

"کھلی کے؟" "ارے تو روز کاہے کے ہوتے ہیں۔ میں تو عادی ہو چلا ہوں کھلی اور بھوسہ کھانے کا۔"

بی اماں کا منہ اتر گیا۔ بی آپا کی جھکی ہوئی پلکیں اوپر نہ اٹھ سکیں۔ دوسرے روز بی آپا نے روزانہ سے دگنی سلائی کی اور پھر جب شام کو میں کھانا لیکر گئی تو بولے۔

"کہیے آج کیا لائی ہیں؟" "آج تو لکڑی کے برادے کی باری ہے"

"کیا ہمارے ہاں کا کھانا آپ کو پسند نہیں آتا؟" میں نے جل کر کہا۔

"یہ بات نہیں، کچھ عجیب سا معلوم ہوتا ہے۔ کبھی کھلی کے کباب تو کبھی بھوسے کی ترکاری۔"

میرے تن بدن میں آگ لگ گئی۔ ہم سوکھی روٹی کھا کے اسے ہاتھی کی خوراک دیں۔ گھی ٹپکتے پراٹھے ٹھسائیں۔ میری بی آپا کو جوشاندہ نصیب نہیں اور اسے دودھ ملائی نگلوائیں۔ میں جھنا کر چلی آئی۔

بی اماں کی منہ بولی بہن کا نسخہ کام آ گیا اور راحت نے دن کا زیادہ حصہ گھر ہی میں گزارنا شروع کر دیا۔ بی آپا تو چولھے میں جھکی رہتیں، بی اماں چوتھی کے جوڑے سیا کرتیں اور راحت کی غلیظ آنکھیں تیر بن کر میرے دل میں چبھا کرتیں۔ بات بے بات چھیڑنا کھانا کھلاتے وقت کبھی پانی تو کبھی نمک کے بہانے سے اور ساتھ ساتھ جملہ بازی۔ میں کھسیا کر

بی آپا کے پاس جا بیٹھتی۔ جی چاہتا کسی دن صاف کہہ دوں کہ کس کی بکری اور کون ڈالے دانہ گھاس۔ اے بی مجھ سے تمہارا یہ بیل نہ ناتھا جائے گا۔ مگر بی آپا کے اُلجھے ہوئے بالوں پر چولھے کی اڑتی ہوئی راکھ.... نہیں .... میرا کلیجہ دھک سے ہو گیا میں نے ان کے سفید بال لٹ کے نیچے چھپا دیئے۔ ناس جائے اس کمبخت نزلہ کا بچارے کے بال پکنے شروع ہو گئے۔

راحت نے پھر کسی بہانہ سے مجھے پکارا۔

"اُونہہ،" میں جل گئی۔ پر بی آپا نے کٹی ہوئی مرغی کی طرح جو پلٹ کر دیکھا تو مجھے جانا ہی پڑا۔

"آپ ہم سے خفا ہو گئیں؟" راحت نے پانی کا کٹورہ لے کر میری کلائی پکڑ لی میرا دم نکل گیا اور بھاگی تو ہاتھ جھٹک کر۔

"کیا کہہ رہے تھے؟" بی آپا نے شرم و حیا سے گھٹی ہوئی آواز میں کہا۔ میں چپ چاپ ان کا منہ تکنے لگی۔

"کہہ رہے تھے کس نے پکایا ہے کھانا۔ واہ واہ۔ جی چاہتا ہے کھاتا ہی چلا جاؤں۔ پکانے والی کے ہاتھ کھا جاؤں ...... اوہ نہیں .... کھا نہیں جاؤں بلکہ چوم لوں" میں نے جلدی جلدی کہنا شروع کیا اور بی آپا کا کھُردرا ہلدی دھنیا کی بساند میں سڑا ہوا ہاتھ اپنے ہاتھ سے لگا لیا۔ میرے آنسو نکل آئے۔ "یہ ہاتھ" میں نے سوچا جو صبح سے شام تک مسالہ پیستے ہیں، پانی بھرتے ہیں، پیاز کاٹتے ہیں، بستر بچھاتے ہیں، جوتے صاف کرتے ہیں، یہ بے کس غلام صبح سے شام تک جُٹے ہی رہتے ہیں۔ ان کی بیگار کب ختم ہوگی۔ کیا ان کا کوئی خریدار نہ آئے گا؟ کیا انھیں کبھی کوئی پیار سے نہ چومے

گا؟ کیا ان میں کبھی مہندی نہ رچے گی؟ کیا ان میں کبھی سہاگ کا عطر نہ بسے گا؟ جی چاہا زور سے چیخ پڑوں۔

"اور کیا کہہ رہے تھے؟" بی آپا کے طرح تو اتنے کھردرے تھے بھا آواز اتنی رسیلی اور میٹھی تھی کہ اگر راحت کے کان ہوتے تو...... مگر راحت کے نہ کان تھے نہ ناک بس دوزخ جیسا پیٹ تھا۔

اور کہہ رہے تھے "اپنی بی آپا سے کہنا کہ اتنا کام نہ کیا کریں اور جوشاندہ پیا کریں"

"چل جھوٹی"

"ارے واہ جھوٹے ہوں گے آپ کے وہ...... "

"اری چپ مردار" انھوں نے میرا منہ بند کر دیا

"دیکھ تو سوئٹر بن گیا ہے انھیں دے دے۔ پر دیکھ تجھے میری قسم میرا نام نہ لیجو۔"

"نہیں بی آپا۔ انھیں نہ دو وہ سوئٹر۔ تمھاری ان مٹھی بھر ہڈیوں کو سوئٹر کی کتنی ضرورت ہے؟" میں نے کہنا چاہا پر نہ کہہ سکی۔

"آپا بی، تم خود کیا پہنو گی؟ "

"ارے مجھے کیا ضرورت ہے۔ چولھے کے پاس تو ویسے ہی جھلسن رہتی ہے۔"

سوئٹر دیکھ کر راحت نے اپنی ایک ابرو شرارت سے اوپر تان کر کہا،۔

"کیا یہ سوئٹر آپ نے بنا ہے؟"

"نہیں تو"

"تو بھئی ہم نہیں پہنیں گے۔"

میرا جی چاہا کہ اس کا منہ نوچ لوں۔ کمینے، مٹی کے تھودے۔ یہ سوئٹر اُن ہاتھوں

نے بُنا ہے جو جیتے جاگتے غلام ہیں۔ اس کے ایک ایک پھندے میں کسی نصیبوں جلی کے ارمانوں کی گردنیں پھنسی ہوئی ہیں۔ یہ ان ہاتھوں کا بنا ہوا ہے جو ننھے پنگوڑے جھلانے کے لئے بنائے گئے ہیں۔ ان کو تھام لو گدھے کہیں کے اور یہ دو پتوار بڑے سے بڑے طوفان کے تھپیڑوں سے تمھاری زندگی کی ناؤ کو بچا کر پار لگا دیں گے۔ یہ ستار کی گت نہ بجا سکیں گے۔ منی پوری اور بھارت ناٹیم کے مدا نہ دکھا سکیں گے۔ انھیں پیانو پر رقص کرنا نہیں سکھایا گیا۔ انھیں پھولوں سے کھیلنا نہیں نصیب ہوا۔ مگر یہ ہاتھ تمھارے جسم پر چربی چڑھانے کے لئے صبح سے شام تک سلائی کرتے ہیں۔ صابن اور سوڈے میں ڈبکیاں لگاتے ہیں، چولھے کی آنچ سہتے ہیں۔ تمھاری غلاظتیں دھوتے ہیں تاکہ تم اُجلے چٹے بگلا بھگتی کا ڈھونگ رچائے رہو۔ محنت نے ان میں زخم ڈال دیے ہیں۔ ان میں کبھی چوڑیاں نہیں کھنکیں ہیں۔ انھیں کبھی کسی نے پیار سے نہیں تھاما۔

مگر میں چپ رہی۔ بی اماں کہتی ہیں میرا دماغ تو میری نئی نئی سہیلیوں نے خراب کر دیا ہے۔ وہ مجھے کیسی نئی نئی باتیں بتایا کرتی ہیں۔ کیسی ڈراؤنی موت کی باتیں بھوک اور کال کی باتیں۔ دھڑکتے ہوئے دل کے ایک دم چپ ہو جانے کی باتیں۔

"یہ سوئٹر تو آپ ہی پہن لیجیے۔ دیکھیے نا آپ کا کرتا کتنا باریک ہے۔"

جنگلی بلی کی طرح میں نے اس کا منہ، ناک، گریبان اور بال نوچ ڈالے اور اپنی پلنگڑی پر جا گری۔ بی آپا نے آخری روٹی ڈال کر جلدی جلدی تسلے میں ہاتھ دھوئے اور آنچل سے پونچھتی میرے پاس آ بیٹھیں۔

"وہ بولے" ان سے نہ رہا گیا تو دھڑکتے ہوئے دل سے پوچھا۔

"بی آپا! یہ راحت بھائی بڑے خراب آدمی ہیں۔" میں نے سوچا میں آج سب

کچھ بتا دوں گی۔

"کیوں؟" وہ مسکرائیں۔

"مجھے اچھے نہیں لگتے .... دیکھیے میری ساری چوڑیاں چور چور ہوگئیں۔" میں نے کانپتے ہوئے کہا۔

"بڑے شریر ہیں" انھوں نے رومانٹک آواز میں شرما کر کہا۔

"بی آپا..... سنو بی آپا۔ یہ راحت اچھے آدمی نہیں۔" میں نے سلگ کر کہا "آج میں بی اماں سے کہہ دوں گی"

"کیا ہوا؟" بی اماں نے جا نماز بچھاتے ہوئے کہا۔

"دیکھو میری چوڑیاں بی اماں۔"

"راحت نے توڑ ڈالیں؟" بی اماں مسرت سے چہک کر بولیں۔

"ہاں"

"خوب کیا۔ تو اسے ستاتی بھی تو بہت ہے۔ اے ہے تو دم کاہے کو نکل گیا۔ بڑی موم کی بنی ہوئی ہو کہ ہاتھ لگایا اور پگھل گئیں" پھر پچکار کر بولیں "خیر تو بھی چوتھی میں بدلے لیجیو وہ کسر نکالیو کہ یاد ہی کریں میاں جی" یہ کہہ کر انھوں نے نیت باندھ لی۔

منہ بولی بہن سے پھر کانفرنس ہوئی اور معاملات کو امید افزا راستے پر گامزن دیکھ کر از حد خوشنودی سے مسکرایا گیا۔

"اے ہے تو تو بڑی ہی ٹھس ہے۔ اے ہم تو اپنے بہنوئیوں کا خدا کی قسم ناک میں دم کر دیا کرتے تھے۔"

اور وہ مجھے بہنوئیوں سے چھیڑ چھاڑ کے ہتھکنڈے بتلانے لگیں کہ کس طرح انھوں

نے صرف چھیڑ چھاڑ کے تیر بہدف نسخے سے ان دو میری بہنوں کی شادی کرائی جن کی ناؤ پار لگنے کے سارے موقعے ہاتھ سے نکل چکے تھے۔ ایک تو ان میں سے حکیم جی تھے جہاں بیچارے کو لڑکیاں بالیاں چھیڑتیں، شرمانے لگتے اور شرماتے شرماتے اختلاج کے دورے پڑنے لگتے۔ اور ایک دن ماموں صاحب سے کہہ دیا کہ مجھے غلامی میں لے لیجئے۔

دوسرے وائسرائے کے دفتر میں کلرک تھے۔ جہاں سنا کہ باہر آئے ہیں لڑکیاں چھیڑنا شروع کر دیتی تھیں۔ کبھی گلوریوں میں مرچیں بھر کے بھیجدیں، کبھی سوئیوں میں نمک ڈال کر کھلا دیا۔

اے لو وہ تو روز آنے لگے۔ آندھی آئے پانی آئے کیا مجال جو وہ نہ آئیں۔ آخر ایک دن کہلوا ہی دیا اپنے ایک جان پہچان والے سے کہ ان کے ہاں شادی کرا دو۔ پوچھا کہ بھئی کس سے؟ "تو کہا "کسی سے بھی کرا دو" اور خدا جھوٹ نہ بلائے تو بڑی بہن کی صورت تھی کہ دیکھو تو جیسے بیجا چلا آتا ہے۔ چھوٹی تو بس سبحان اللہ: ایک آنکھ پورب تو دوسری پچھم۔ پندرہ تولے سونا دیا ہے باپ نے اور بڑے صاحب کے دفتر میں نوکری الگ دلوائی۔"

ہاں بھئی جس کے پاس پندرہ تولے سونا ہو اور بڑے صاحب کے دفتر کی نوکری اسے لڑکا ملتے کیا دیر لگتی ہے؟" بی اماں نے ٹھنڈی سانس بھر کر کہا۔

"یہ بات نہیں ہے بہن۔ آج کل کے لڑکوں کا دل بس تھالی کا بینگن ہوتا ہے۔ جدھر جھکا دو ادھر ہی لڑھک جائے گا۔"

مگر راحت تو بینگن نہیں اچھا خاصا پہاڑ ہے۔ جھکاؤ دینے پر کہیں میں ہی نہ پس جاؤں۔ میں نے سوچا پھر میں نے آپا کی طرف دیکھا۔ وہ خاموش دہلیز پر بیٹھی آٹا گوندھ رہی تھیں اور سب کچھ سنتی جا رہی تھیں۔ ان کا بس چلتا تو زمین کی چھاتی پھاڑ کر اپنے

کنوار پنے کی لعنت سمیت اس میں سما جاتیں۔

"کیا میری آپا مرد کی بھوکی ہے؟ نہیں وہ بھوک کے احساس سے پہلے ہی سہم چکی ہے۔ مرد کا تصور اس کے ذہن میں ایک اُمنگ بن کر نہیں اُبھرا بلکہ روٹی کپڑے کا سوال بن کر اُبھرا ہے۔ وہ ایک بیوہ کی چھاتی کا بوجھ ہے۔ اس بوجھ کو ڈھکیلنا ہی ہوگا"

مگر اشاروں کنایوں کے باوجود راحت میاں نہ تو خود منہ سے پھوٹے اور نہ ان کے گھر ہی سے پیغام آیا۔ تھک ہار کر بی اماں نے پیروں کے توڑے گروی رکھ کر پیر مشکل کشا کی نیاز دلا ڈالی، دوپہر بھر محلہ ٹولے کی لڑکیاں صحن میں ادھم مچاتی رہیں۔ بی آپا شرمائی لجائی مچھروں والی کوٹھری میں اپنے خون کی آخری بوندیں چوسانے کو جا بیٹھیں۔ بی اماں کمزوری میں اپنی چوکی پر بیٹھی چوتھی کے جوڑے میں آخری ٹانکے لگاتی رہیں۔ آج ان کے چہرے پر منزلوں کے نشان تھے۔ آج مشکل کشائی ہوگی۔ بس آنکھوں کی سوئیاں رہ گئی ہیں، وہ بھی نکل جائیں گی۔ آج ان کی جھریوں میں پھر مشعلیں تھرتھرا رہی تھیں۔ بی آپا کی سہیلیاں ان کو چھیڑ رہی تھیں۔ اور وہ خون کی بچی کھچی بوندوں کو تاؤ میں لا رہی تھیں۔ آج کئی روز سے ان کا بخار نہیں اترا تھا۔ تھکے ہارے دیئے کی طرح ان کا چہرہ ایک بار ٹمٹماتا اور پھر بجھ جاتا۔ اشارے سے انھوں نے مجھے اپنے پاس بلایا۔ اپنا آنچل ہٹا کر نیاز کے ملیدے کی طشتری مجھے تھما دی۔

"اس پر مولوی صاحب نے دم کیا ہے" ان کی بخار سے دہکتی ہوئی گرم گرم سانس میرے کان میں لگی۔

طشتری لے کر میں سوچنے لگی۔ مولوی صاحب نے دم کیا ہے۔ یہ مقدس ملیدہ اب راحت کے تندور میں جھونکا جائے گا۔ وہ تندور جو چھ مہینے سے ہمارے خون کے

چھنیوں سے گرم رکھا گیا۔ یہ دم کیا ہوا ملیدہ مراد بر لائے گا۔ میرے کانوں میں شادیانے بجنے لگے۔ میں بھاگی بھاگی کوٹھے سے برات دیکھنے جا رہی ہوں۔ دولھا کے منہ پر لمبا سا سہرا پڑا ہے جو گھونٹے کی بالیوں کو چوم رہا ہے۔۔۔۔۔۔

چوتھی کا شہابی جوڑا پہنے پھولوں سے لدی، شرم سے نڈھال، آہستہ آہستہ قدم تولتی بھولی بی آپا چلی آ رہی ہیں۔۔۔۔۔۔۔ چوتھی کا زرتار جوڑا جھلمل کر رہا ہے بی آپا کا چہرہ پھول کی طرح کھلا ہوا ہے۔۔۔۔۔۔۔ بی آپا کی حیا سے بوجھل نگاہیں، ایک بار اوپر اٹھتی ہیں۔ شکریے کا ایک آنسو ڈھلک کر افشاں کے ذرّوں میں قمقمے کی طرح اُلجھ جاتا ہے۔

"یہ سب تیری ہی محنت کا پھل ہے" بی آپا کی خاموشی کہہ رہی ہے۔۔۔۔ حمیدہ کا گلا بھر آیا۔۔۔۔۔

"جاؤ نہ میری بہنو" بی آپا نے اُسے جگا دیا اور وہ چونک کر اوڑھنی کے آنچل سے آنسو پونچھتی ڈیوڑھی کی طرف بڑھی۔

"یہ۔۔۔۔۔۔۔ یہ ملیدہ" اس نے اچھلتے ہوئے دل کو قابو میں رکھتے ہوئے کہا۔۔۔۔۔ اس کے پیر لرز رہے تھے جیسے وہ سانپ کی بانبی میں گھس آئی ہو، اور پھر پہاڑ کھسکا۔۔۔۔۔۔۔ اور منہ کھول دیا۔ وہ ایک قدم پیچھے ہٹ گئی۔ مگر دور کہیں بارات کی شہنائیوں نے چیخ لگائی جیسے کوئی ان کا گلا گھونٹ رہا ہو۔ کانپتے ہاتھوں سے مقدس ملیدہ کا نوالہ بنا کر اس نے راحت کے منہ کی طرف بڑھا دیا۔

ایک جھٹکے سے اس کا ہاتھ پہاڑ کی کھوہ میں ڈوبتا چلا گیا۔۔۔۔۔۔ نیچے تعفن اور تاریکی کے اتھاہ غار کی گہرائیوں میں، اور ایک بڑی سی چٹان نے اسکی چیخ کو گھونٹ دیا۔

نیاز کے ملیدے کی رکابی ہاتھ سے چھوٹ کر لالٹین کے اوپر گری اور لالٹین نے زمین پر گر کر دو چار سسکیاں بھریں اور گل ہو گئی۔ باہر آنگن میں محلے کی بہو بیٹیاں مشکل کشا کی شان میں گیت گا رہی تھیں۔

صبح کی گاڑی سے راحت مہمان نوازی کا شکریہ ادا کرتا ہوا روانہ ہو گیا۔ اس کی شادی کی تاریخ طے ہو چکی تھی اور اسے جلدی تھی۔

اس کے بعد اس گھر میں کبھی انڈے نہ تلے گئے، پراٹھے نہ پکے اور سوئیٹر نہ بنے۔ دق نے جو ایک عرصے سے بی آپا کی تاک میں بھاگی پیچھے پیچھے آ رہی تھی ایک ہی جست میں انھیں دبوچ بیٹھی اور انھوں نے چپ چاپ اپنا نامراد وجود اس کی آغوش میں سونپ دیا

اور پھر اسی سہ دری میں چوکی پر صاف ستھری جازم بچھائی گئی۔ محلے کی بہو بیٹیاں جڑیں۔ کفن کا سفید سفید لٹھا موت کے آنچل کی طرح بی اماں کے سامنے پھیل گیا۔ تحمل کے بوجھ سے ان کا چہرہ لرز رہا تھا۔ بائیں ابرو پھڑک رہی تھی۔ گالوں کی سنسان جھریاں بھائیں بھائیں کر رہی تھیں جیسے ان میں لاکھوں اژدہے پھنکار رہے ہوں۔
لٹھے کی کان نکال کر انھوں نے چوپرتہ کیا۔ اور ان کے دل میں ان گنت قینچیاں چل گئیں۔ آج ان کے چہرے پر بھیانک سکون اور ہرا بھرا اطمینان تھا جیسے انھیں پکا یقین ہو کہ دوسرے جوڑوں کی طرح چوتھی کا یہ جوڑا سینتا نہ جلے۔
ایک دم سہ دری میں بیٹھی لڑکیاں، بالیاں میناؤں کی طرح چہکنے لگیں۔ حمیدہ

ماضی کو دور جھٹک کر ان کے ساتھ جا لی لال ٹول پر...... سفید گزی کا نشان! اس کی سرخی میں نہ جانے کتنی معصوم دلہنوں کا سہاگ رچا ہے اور سفیدی میں کتنی نامراد کنواریوں کے کفن کی سفیدی ڈوب کر ابھری ہے اور پھر سب ایک دم خاموش ہو گئے۔ بی اماں نے آخری ٹانکہ بھر کے ڈورہ توڑ لیا۔ دو موٹے موٹے آنسو ان کے روئی جیسے نرم گالوں پر دھیرے دھیرے رینگنے لگے۔ ان کے چہرے کی شکنوں میں سے روشنی کی کرنیں پھوٹ نکلیں اور وہ مسکرا دیں۔ جیسے آج انھیں اطمینان ہو گیا کہ ان کی کبریٰ کا سوا جوڑا بن کر تیار ہو گیا ہو اور کوئی دم میں شہنائیاں بج اٹھیں گی۔

پوم پوم ڈارلنگ

جب خاندان میں ایک نئے فرد کا اضافہ ہوتا ہے تو دھوم دھام سے لوگ اپنی مسرّت کا اظہار کرتے ہیں۔ جب کسی نئے لکھنے والے کا پہلا مضمون کسی رسالہ میں شایع ہوتا ہے تو سارے ماموں، چاچا، خالہ، پھوپھی مل کر اپنی اپنی رائے پیش کرتے ہیں۔

جب قرۃ العین کا پہلا افسانہ شایع ہوا تو ایسا معلوم ہوا کہ افقِ ادب پر ایک نیا نویلا ستارہ طلوع ہوگیا۔ جیسے دماغ سے اندازہ ہوتا تھا کہ وہ دن دور نہیں جب یہ ننھا منا سا ستارہ آفتابِ ادب بن کر آنکھوں کو خیرہ کر دے گا۔ ادبی حلقوں میں چہ میگوئیاں ہونے لگیں۔ قرۃ العین کا مضمون دیکھ کر رسالہ پر چھینا جھپٹی شروع ہو جاتی، واہ واہ کیا کہنا کرشن چندر جیسی ٹھوس رومانیت، حجاب اسمٰعیل جیسی طلسمی فضائیں اور عصمت جیسے چٹخنے ہوئے مکالمے ...... جی نہیں خاص قرۃ العین کی اپنی تراش خراش رنگینی اور لوچ جو کسی خدشے کا محتاج نہیں۔

"اب خیر منائیے ادیبہ صاحبہ"! احمد عباس نے ڈرایا اور میں نے واقعی خیر منائی یہ چھوٹے تو اپنے ساتھ بڑے بن جانے کا خمیر لے کر ہی پیدا ہوتے ہیں۔ بعد میں آنے

والے بہت سے جھمیلوں سے بچ جاتے ہیں۔ پہلے گذرنے والے بہت کچھ کیل کانٹے راستے میں سے ہٹا چکتے ہیں اور نئے آنیوالوں کو آگے بڑھنے میں بہت سی آسانیاں مل جاتی ہیں۔ لیکن ایک بات تو ہوگی۔ اب وہ اکیلا اکیلا نگوین نہ رہے گا۔ میدان بھرتا جا رہا ہے۔ ہاجرہ، خدیجہ آہی چکی ہیں اور اب یہ نیا تیر تو یقیناً نشانے پر بیٹھنے کے لئے ہی چلّے پر چڑھا ہے۔ اب تو لوگ "لکھنے والا مرد ہے یا عورت؟" کے سوال میں الجھ کر قلابازیاں کھانا کم کر دیں گے۔ اب تو یہ جانور کہیں کہیں کے بجائے ہر جگہ پایا جائیگا۔ کیونکہ زمانہ بھی تو تہذیب نسواں اور تہذیب مرداں کے بجائے تہذیب انساں کا سوال اٹھا رہا ہے۔

ایک کے بعد دوسرا، تیسرا، چوتھا اور پانچواں مضمون بھی نکلا۔ ستارہ اسی جگہ جگمگاتا رہا۔!

اس کا محور بدلا نہ چال ڈھال !!

دیکھنے والوں نے آنکھیں مل کر دیکھا اور بغور دیکھا کہیں یہ ان کی آنکھیں بڑھاپے سے کمزور تو نہیں ہوتی جا رہی ہیں۔ ستارہ تو کچھ ٹمٹمانے لگا ہے !!!

"ٹھہر و بھی ذرا سینڈریلا کے زمین پر اترانے کا انتظار کرو" ناقدنے ڈھارس بندھائی۔ مگر وہ خوابوں کی "چارمنگ" رانی اسی طرح دور خلاؤں میں ٹمٹماتی رہی۔

زمانے کی گھڑیال نے بارہ بجا دیئے اور جادو کی چھڑی کا طلسم تھک کر ٹوٹنے لگا۔

"اجی آپ کی قرۃ العین کیا لکھتی ہیں؟" "جی ہاں، میری قرۃ العین۔

آخر ہمارا اتنا قریب کا رشتہ ہے نا۔ دونوں ایک ہی زنجیر کی اگلی پچھلی کڑیاں ہی تو ہیں۔ نئی کڑیاں تو پرانی کڑیوں سے زیادہ مضبوط ڈھلی ہوئی ہوتی ہیں، تو پھر یہ بھول چوک کہاں ہوگئی خدایا!

اور میں نے بڑے اہتمام سے ایک طویل ناصحانہ خط لکھنا شروع کیا۔ جس میں میں نے بعد دعا کے واضح کرنا چاہا کہ بھئی یہ شو شو، نو نو' بھارت ناٹیم، بیولے ڈیلیا مار کے سوئمنگ پول میں کب تک ڈبکیاں لگاتی رہوگی۔ ایک بار ذرا باہر جھانک کر بھی تو دیکھو۔ ایک ہی نکتے پر کتنے چکر دوگی۔ کیا ساری عمر میری گو راؤنڈ ہی پر گھماتی رہوگی؟ لوگ کہیں بولانہ جائیں سا اور پھر جب وہ جڑ کر تنقید کریں گے تو اس میں جھنجلاہٹ اور انتقام کے نشتر پوشیدہ ہوں گے۔ پھر تمھارا دل ٹوٹ جائے گا اور تم اس کوچے سے بچ کر کوئی دوسری "ہوبی" پکڑ لوگی!

خط لکھنے کے بعد ایک دم خیال آیا کہیں میرا خط ہی اس پہلے پتھر کا کام نہ کر جائے جس کی طرف میں اشارہ کر رہی ہوں۔ کہیں میرے اعتراض سے دل برداشتہ ہوکر چڑیا پھرسے اُڑ کر دوسری ڈال پر نہ جا بیٹھے۔ لوگ کہیں گے کہ "یہ ادب کے ٹھیکیدار" نئے آنے والوں کو دھمکاتے ہیں تاکہ قبل اس کے کہ ان بیچاروں کا فن پختہ ہوکر مقابلے میں آئے انھیں مار بھگائیں۔ فنکار بڑے حاسد ہوتے ہیں نا۔ دوسرے بھئی شاید میں قرۃالعین کے زمانے سے پیچھے ہوں، اس لئے ان کی باتیں میری سمجھ سے بالاتر ہیں۔ لہذا میں نے ان کے ہم عمروں سے روشنی حاصل کرنا چاہی لیکن انھیں بھی اپنا ہمنیال پاکر کچھ خود اعتمادی پیدا ہوئی اور مجھے افسوس ہوا کہ میں نے وہ خط کیوں پھاڑ ڈالا۔ اور آج جب میں یہ مضمون لکھ رہی ہوں، احمد عباس

پھر کہہ رہے ہیں" تم نے جان بوجھ کر ایک ہونہار ادیبہ کی راہ نمائی نہ کی، اس کی خامیوں کو پختہ ہونے دیا۔ کیونکہ تم جانتی تھیں، اگر اس کی خامیاں دور ہوگئیں تو وہ سب کو پھلانگ کر میلوں آگے نکل جائے گی۔"

یہ لیجئے، سانپ کے منہ کی چھچھوندر، نہ نگلے بنے نہ اُگلے۔ زمانہ بھی تو بڑا نازک ہے۔ کسی پر تنقید کرو تو لوگ کہتے ہیں کمیونسٹوں نے بھکا دیا ہے جی۔ احمد عباس کو عسکری اور راما نند ساگر کو ایم۔ اسلم سے دور کا بھی رشتہ بتا دو تو جانو موٹی سی گالی دیدی۔ ہمیں یہ کبھی نہ بھولنا چاہیئے کہ لکھنے والے پڑھنے والوں کے لئے ہی لکھتے ہیں، کچھ چٹخارے لینے کے لئے نہیں لکھتے۔ پڑھنے والوں کی تنقید اور ستائش دونوں کے برابر حقدار ہیں۔ وہ ادیب جو تنقید نہیں سہہ سکتے وہ نہ ہی زندہ رہ سکتے ہیں اور نہ آگے بڑھ سکتے ہیں۔ تنقید کرنے والے کا رتبہ اگر وہ ایمانداری سے اپنا فرض انجام دے تو بہت بلند ہے۔ ایک طرف وہ ادیب کے دماغ کو خوراک پہونچاتا ہے تو دوسری طرف ادب کی حفاظت کرتا ہے۔ اس ادب کی جس کا زندگی سے دامن بندھا ہوا ہے، اور اس طرح وہ زندگی کا بھی محافظ ہے۔ جیسے ہر انسان کو دندان ساز کے پاس وقتاً فوقتاً جانے کی ضرورت ہے۔ اسی طرح ہر ادیب کو تنقید کی ضرورت ہے۔ دانت اکھڑوانے میں دکھ تو بڑا ہوتا ہے مگر صحت بھی جبھی بنتی ہے صرف صحیح تنقید ہی بہکنے والے قلم کو سیدھا اور صحت بخش راستہ دکھا کر غلط موڑ سے بچا سکتی ہے۔

لیکن جب قرۃ العین کو خضر راہ دکھانے چلے تو خود اندھیارے میں گھر کر رہ گیا

گئے اور دھکا دے کر واپس لوٹ آنے کے سوا کچھ نہ سوجھا۔ وہ تارا جو آفتاب بن جانے کے کنارے کر ابھرا تھا بھٹک کر "ستاروں سے آگے" "کچھ بھی نہیں" کی خلا میں گم ہوتا چلا گیا۔ قرۃ العین کو سمجھنے کے لئے بڑی آسانی ہوگی، اگر نذر سجاد حیدر کا بھی مطالعہ کیا جائے۔ جو ان کا نجی رشتہ ہے، وہی ان کا ادبی رشتہ بھی ہے۔ ادبی شجرے میں "نذر سجاد حیدر" ماں ہیں تو قرۃ العین بیٹی۔ دونوں کا واسطہ ایک ہی طبقے سے پڑا۔ لہذا دونوں کے مسائل بھی یکساں ہیں۔ وہ دکھ جو اختر النسا نے جھیلے تھے قرۃ العین کی ڈولی پوآلی اور اینی جھیل رہی ہیں۔ دکھڑا وہی، یعنی ٹھیک ناپ تول، شوہر کی نایابی۔ اختر النسا کے والدین جابر ہونے کا الزام ماتھے پر لئے ہوئے تھے اور ڈولی پوآلی کے والدین مال تیار کر کے ڈرائنگ روموں میں بٹھا دیتے ہیں۔ گھیر گھیر کر کم از کم ۸ سو کمانے والے شکار لاتے ہیں۔ اور کھلی اجازت دیتے ہیں کہ مارو پھندا۔ پھندے چلتے ہیں۔ شکار بھاندا پھوندی کرتے ہیں پھنس گئے تو شمانہ کا ایک ایٹ ہوم ہوتا ہے۔ ورنہ ڈولی کا شکار زوفی لے بھاگتی ہے۔ شوشو کو پوم پوم ہڑپ کر جاتی ہے۔ اور نوڈلز کو نئی ڈکار جاتی ہے۔ یہ ہے لب لباب ان چار منک لوگوں کی رام کہانیوں کا۔

اختر النسا دق کا شکار ہو جایا کرتی تھی۔ پوآلی موآلی ذہنی طور پر مدقوق ہو جاتی ہے۔ کتے انسانوں سے بہتر نظر آنے لگتے ہیں۔ ہر چیز کے پیچھے "کچھ نہ ہونے" کا احساس ستانے لگتا ہے۔ "سب کچھ حاصل کرنے پر بھی موت پر اور کچھ نہ ہونے پر فتح حاصل نہیں ہو سکتی" زندگی اتنی عجیب بن جاتی ہے کہ اسے کوئی معنی نہیں پہنائے جا سکتے۔ اور وہ نہیں جانتیں کہ "وہ جنگل، وہ پہاڑ، وہ ندیاں، وہ جگہیں کہاں ہیں جہاں

زندگی ہے۔"

اختر النساء کا دشمن سماج تھا۔ پوٹی ڈوٹی اور شوشو کے دشمن واہمہ، شعور، تحت الشعور لاشعور اور قنوطیت ہیں۔ سماج سے تو کوئی لڑ بھی سکتا ہے مگر ان ذہنی بھوتوں سے کون لڑے Cynic بن جانے کے سوا اور کوئی چارہ نہیں" نذر سجاد حیدر نے کسی عنصر سے تو بغاوت کی، قرۃ العین حیدر میں وہ بھی سکت نہیں۔ جہاں تک ترقی پسندی کا سوال ہے، ان دونوں کا رشتہ بالکل الٹا نظر آتا ہے۔ یعنی ماں بیٹی سے آگے سوچتی ہے نذر سجاد حیدر جاگیر داری نظام کے زوال کے وقت اٹھی تھی اور قرۃ العین حیدر سرمایہ داری نظام کے زوال کی پیداوار ہیں۔ مگر انھوں نے کم از کم گرتی ہوئی دیواروں سے لپٹ لپٹ کر سر نہیں پھوڑا تھا۔ جاگیر داری نظام کی خامیوں اور کوتاہ اندیشیوں پر تاسف ہی کیا ہے۔ حالانکہ ان کے آنسو بے کار گئے کیونکہ وہ اس نظام کو دوبارہ ٹھکرا تو نہ کر سکیں۔ لیکن قرۃ العین حیدر سرمایہ داری نظام کے ڈوبتے ہوئے سورج کے اندھیارے میں ہاتھ پیر مار رہی ہیں۔ اس کی عفونت بھری بوسیدگی سے انھیں گھن آتی ہے، اگر پیار بھی ہے۔ وہ اپنے طبقے کو اس مچھلی کے مانند سمجھتی ہیں جس کے اردگرد کا پانی سر چکا ہے مگر خشک ریت پر بھی موت کے سوا کچھ بھی نہیں۔ انھیں نہیں معلوم کہ کیوں پوٹی ڈوٹی کے حسن بھی ہے دولت بھی ہے تعلیم بھی ہے کلچر بھی ہے۔ پھر بھی پوٹو ڈوٹی سے شادی کرنے کے بجائے زونی کے چکر میں پھنس جاتا ہے! جمی زوٹی کو چھوڑ کر پوم پوم پر کیوں مرتا ہے؟ یہ جاننے کے لئے اس کا راز معلوم کرنا ضروری ہے، کہ جب سرمایہ داری نزع کے عالم میں دم توڑنے لگتی ہے تو ذہنی اور اخلاقی انحطاط لازمی طور پر شروع

ہوجاتا ہے۔ جب ایک چیز گلنے سڑنے لگتی ہے تو اس سے ملحقہ چیزیں بھی بجبجا اٹھتی ہیں۔ ایک سرمایہ دار روئی کا بیوپار چھوڑ کر لہسن پیاز کا دھندا سنبھال لیتا ہے بوبی، شوشم کو چھوڑ کر رفیعہ کو پکڑ لیتا ہے، دونوں کی ایک ہی ذہنیت ہے۔ ایک ہی پیشہ اور ایک ہی مقصد۔ جس میں زیادہ منافع ہو وہی ان کا مذہب، وہی ان کا عشق اور وہی ان کی زندگی۔ اس کے باوجود ایک سرمایہ دار یہ بھی جانتا ہے کہ سب کچھ پا کر بھی "کچھ بھی نہیں" کا احساس اس کا وہم نہیں بلکہ ایک ٹھوس حقیقت ہے۔ اس کا طریقۂ کار انسانیت کے فلاح و بہبود کے لئے نہیں اسکی ساری اسکیمیں، سارے مارشل پلین سارے سمجھوتے اور گٹھ بندیاں آگے جا کر ایک ایسے نکتہ پر ختم ہو جاتی ہیں جہاں احساسِ "کچھ بھی نہیں" کے سوا کچھ نہیں رہتا۔ وہ جانتا ہے کہ اس کا انجام فنا ہی ہے۔ وہ کانٹے کی نوک پر ٹنگا ہوا ہے اور اس کھولتے ابلتے طوفان کا چڑھاؤ دیکھ کر لرز رہا ہے۔ جو دن بدن گھیرا تنگ کرتا آ رہا ہے۔

اس کی نئی پود یہ "بے اطمینانی یہ خوف، یہ زندگی سے فرار اور "کچھ بھی نہیں" ورثہ میں لے کر جنم لے رہی ہے، ان کے شعور اور لاشعور اس ہی سانچے میں ڈھل کر پیدا ہو رہے ہیں۔ وہ جانتے ہیں مگر کھلے بندوں نہیں کہہ سکتے کہ ان کے دشمن کون ہیں۔ قرۃ العین حیدر کبھی کھلے بندوں یہ نہیں کہہ سکتیں کہ عوام ہی ان کے سکون اور عیش کے دشمن ہیں اور ہوّا بن کر ڈراتے ہیں۔ کیونکہ وہ جانتی ہیں کہ بڑے سے بڑا عوام دشمن بھی کھل کر اپنے وجود کا اعلان نہیں کر سکتا۔ عوام کو لوٹنے کے لئے ٹھگوں کو بھی بھگت کا روپ دھارنا پڑتا ہے۔

سرمایہ داروں کے ایجنٹوں کو زندگی کے ہر موڑ پر کمیونسٹ دبکے ہوئے

نظر آ رہے ہیں۔ سرکار تو سیدھی بھوکے پیٹ میں دبکے ہوئے کمیونسٹ پر لاٹھی چارج اور گولی سے وار کرتی ہے۔ مگر قرۃ العین حیدر نہایت ہی رومانی ماحول میں نہایت ہی بقعۂ نور قسم کی حسیناؤں کے ذریعے سے کمیونزم پر طنز فرماتی ہیں۔ ان کا کتھا کلی، منی پوری اور رمبا میں مست جوہی کی کلیاں سونگھنے والا قلم جب لفظ کمیونسٹ لکھتا تو ایک دم کالے ناگ کی طرح پھنکارنے لگتا ہے۔ ایک ہی سانس میں کیتھولک چرچ، کمیونزم اور یوگا کی قے کر ڈالتا ہے، اور اس وقت وہ اپنے طبقہ کا بھانڈا پھوڑ دیتا ہے۔ پھر صاف معلوم ہو جاتا ہے کہ اس قلم میں کون سی سیاہی بھری ہے۔ اور اس کا نب کس فرم کا ڈھلا ہوا ہے۔ ان کے "چارمنگ لوگ" جیمی کے پابنج عقلمند کتوں کی طرح کسی پارٹی میں شامل ہونے کا پروگرام نہ بناتے ہوئے جب مفکرین کا روپ دھار کر فلسفہ بگھارنے کی کوشش فرماتے ہیں تو بڑا ہی پر لطف منظر نظروں کے سامنے آجاتا ہے۔ وہ ہیڈی لامار بیٹی گریبل۔ روبرٹ ٹالر اور چارلس بوائے کے کالی جمڑی ؛ ارےچربے اچھے خاصے سیاست داں بننے لگتے ہیں۔ "کس پروف" اور "برگنڈی" کے مستند استعمال کے بعد یہ کام کافی آسان بھی تو ہے۔ اس وقت ان کی نرگسی آنکھوں کو اشتراکی اشتمالی، دہشت پسند کانگریسی، اور لیگی سب کے سب گڈمڈ دکھائی دیتے ہیں اور یہ مفکرین اس نتیجے پر پہونچتے ہیں کہ یہ سارے کمیونسٹ ان حسیناؤں کے گھائل نامراد عاشق ہیں جو فرار کی غرض سے اور کچھ جلے پھپھولے پھوڑنے کے لئے بیچاری بورژوا لڑکیوں کی ذہنیت پر لکچر دے کر پارٹی میں جاکر شامل ہوگئے ہیں اور اب دنیا بھر کو گالیاں دیتے پھرتے ہیں۔ کیا پتہ کی بات فرمائی ہے محترمہ نے کہ نہ آج

ٹولی مولی، ان بے چاروں کا دل توڑتیں۔ اور نہ یہ کمیونسٹ بنتے۔ تعجب ہے سامراجیوں کو اب تک محترمہ کی دریافت کا کیوں پتہ نہیں چلا ورنہ وہ انھیں "عزو وقیصر ہند" کا خطاب عطا فرما دیتے۔ اگر انھیں معلوم ہوجائے کہ کمیونسٹ بنانے کی کلیں یہ حسینائیں ہیں تو بجائے گولی اور لاٹھی چارج میں وقت برباد کرنے کے ایک قانون تحفظِ عاشقاں پاس کردیں جس کی رو سے کسی مہ جبین کو کسی عاشق کا دل توڑنے کا حق نہ رہے۔ نہ دل ٹوٹیں گے نہ کمیونسٹ پیدا ہوں گے اور جو یہ آئے دن جیلیں بھرتی جا رہی، بھوک پھیل رہی ہے، ہڑتالیں ہو رہی ہیں آپ ہی آپ ختم ہو جائیں گی اور سرکار کی قوم کی خادماؤں کے لئے بیٹھے کے لیو۔ کمیشن اور ہوا باز فنا فنٹ تیار کرنا شروع کر دے گی۔ بھلا جب ملک کے نوجوانوں کو معلوم ہوگا کہ زوئی، پوم پوم اور فی فی کمیونسٹوں کو پسند نہیں فرماتیں تو وہ فوراً اس پیشے سے تائب ہو جائیں گے، آج کل ہر ملک کی سامراجی طاقتیں ان کمیونسٹوں کے ہاتھ تگنی کا ناچ ناچ رہی ہیں۔ بہت ممکن ہے کہ محترمہ کی یہ دریافت ایٹم بم کا رتبہ حاصل کر جائے اور انھیں بین الاقوامی ذمہ داریاں سنبھالنی پڑیں۔

یہ نہیں تو کم از کم انھیں کمیونسٹوں کے اوپر کیچڑ اچھالنے میں سامراجیوں کا ہاتھ بٹانے کے عوض کچھ تو انعام ملنا ہی چاہیے حالانکہ جہاں تک عوام کے فیصلہ کا سوال ہے یہ حربہ خالی جائے گا۔ اگر آپ ان سے جا کر کہیں کہ یہ تمھارے نمائندے ہم مقدس بچیوں پر زبردستی عاشق ہو جاتے ہیں، اور اگر ہم انھیں ٹھکرا کر آٹھ سو کمانے والوں سے شادیاں کرلیں تو یہ جل کر تم سے جا ملتے ہیں اور تمھیں ہمارے خلاف بھڑکانے لگتے ہیں، تو وہ اُسے آپ کا بھاگتے وقت کا آخری پتھر سمجھ کر مُنہ

موڑلیں گے۔ انھیں اپنے نمائندوں کے چال چلن کی تصدیق کرنے کے لئے پوم پوم ڈارلنگ کے سرٹیفکیٹ کی قطعی ضرورت نہیں۔ وہ اتنے احمق نہیں جتنا آپ انھیں سمجھتی ہیں۔ وہ اب اپنے دشمن کی لبادہ دور ہی سے سونگھ لیتے ہیں۔

اتنی بات یاد رہے کہ کمیونسٹ جو چین، برما، انڈونیشیا اور تلنگانہ میں سامراجیوں کے چھکے چھڑا رہے ہیں۔ یہ وہ آپ کے دربار میں مصاحبی کرنے والے گداگر نہیں جو دولت غم کی کمی کو ترقی پسندی اور اشتراکیت کے لبادے میں لپیٹ کر محبوبہ کے قدموں میں ڈالتے تھے کیونکہ یہ وہ ہمارے تمہارے زمانے کے کمیونسٹ ہیں یہ قطعی رومینٹک اور رسیلے نہیں۔ نہایت چالاک، تلخ زبان۔ لاٹھی چارج سے یہ نہیں رکتے۔ گولی کو یہ خیال میں نہیں لاتے۔ مر کے یہ نہیں ختم ہوتے تو بھلا یہ مہ جبینوں کے نخروں کو خاطر میں کب لائیں گے۔ ٹولی مولی ہزار بار ان پر عاشق نہ ہونے کی دھمکی دیں۔ ان کے کان پر جوں بھی نہ رینگے گی۔

ان کی محبوبہ وہ زودنی نہیں جو جمی کے عشق میں ناکام ہو کر فتح کشمیر کے ارادے سے تعزیہ تراڈ خیل دوڑ پڑتی ہے۔ بلکہ وہ زدتی ہے جو تلنگانہ میں اپنی زمین کے ذرہ ذرہ کی خاطر اپنے محبوب کے دوش بدوش بڑھ رہی ہے جو کلکتہ میں سامراجی گولیاں سینہ پر کھائے سڑک پر خون میں نہا رہی ہے جو بمبئی میں اپنے پیاروں کو بھوکا مرتا دیکھ کر، لاٹھیوں اور گولیوں کی بوچھار میں سینہ سپر ہو رہی ہے۔ وہ ادر ہی طبقہ ہے جو ڈی لامار، اور "سیوائے" کے چکنے فرش کے تخیل ہی سے پھسل پڑتا ہے۔

ایک بار پطرس نے میرے اوپر اعتراض کیا تھا کہ میں درمیانہ درجہ کی

عکاسی تو کر لیتی ہوں لیکن ڈرائنگ روم میں جا کر چوکڑی بھول جاتی ہوں، مجھے بڑا دکھ ہوا تھا کہ لوبھی پطرس صاحب کو بھی پتہ چل گیا کہ میں ڈرائنگ روم کی مخلوق نہیں ہوں، لیکن اب شکر کرتی ہوں کہ اچھا ہوا۔ میری پھوہڑ ماں اور کثیر الاولاد باپ کو ڈرائنگ روم سجانے کی توفیق نہ ہوئی، ورنہ میرا واسطہ بھی ٹوٹو فوفو کے سوا کسی انسان سے نہ پڑتا۔ اور آج یہ درمیانہ طبقہ کے جھمیلوں سے بچی بے کار جھمیلے میرا موضوع ہوتے۔ میں ان ہی پر شرمندہ ہوں لیکن یہ درمیانہ طبقہ کھیل کھیل کر مزدور کی آغوش میں گر رہا ہے۔ اس طبقے کے سارے ادیب اگر فرار میں نہ ڈوب گئے تو ایک دن وہیں پہنچ جائیں گے۔

مگر قرۃ العین کے کردار اور ان کا رویہ سمجھ میں نہیں آتا۔ یہ چارمنگ لوگ سب کے سب ایک ہی فرمہ کے ڈھلے ہوئے ہیں۔ سب ہی تو مرغابیوں کے شکار، برگنڈی، کیمونیکس، رابرٹ ٹائیلر کے سلونے حسن، کارمن میرانڈا کے گالوں ایستھر ولیم کی سڈول پنڈلیوں کے دیوانے معلوم ہوتے ہیں۔ عیسائی یتیم خانوں کی تعلیم جہاں ذوقِ شعری "ٹوئنکل ٹوئنکل لٹل اشار" سے شروع ہو کر چارج آف دی لائٹ بریگیڈ پر ختم ہو جاتا ہے اور نثر کا مطالعہ باپ دادا کی بوسیدہ لائبریری میں ٹھونسی ہوئی چند پراسرار جرمن، فرانسیسی، ترکی اور انگریزی کتابوں تک محدود نظر آتا ہے، ویسے بھی صورت شکل میں، چال ڈھال میں سب یکساں ہی نظر آتے ہیں۔ وہی خاموش جھیلوں جیسی نیلی آنکھیں، سنہری گھونگھر والے بالوں کی مالک لڑکیاں اور سارے کے سارے گیلنٹ ہینڈسم نوجوان۔ نہ کبھی کسی کو حبچا نے ٹھکرا دیا نہ ٹائیفائڈ نے گھنچا کیا۔ نہ کبھی کسی کے خون میں کمی پیدا ہوئی۔ سوائے عشق کے کبھی کسی کو

کوئی روگ نہیں ستاتا۔ کبھی کوئی بے جوڑ وباؤں کا شکار نہ ہوتا کیونکہ ان کے بارے میں کوئی لنگڑا لولا پھٹکنے ہی نہ پاتا۔ ایک بار کسی نے کہا تھا کہ قرۃ العین کے یہاں جنسی لگاؤ کا ذکر نہیں ہوتا۔ عریانی نہیں ہوتی۔ ویسے تو، یہ بڑی اچھی بات ہے فحاشی کوئی فخر کی بات نہیں۔ لیکن اس فضا کو جو ان کے افسانوں میں نظر آتی ہے کس قسم کی گھٹن سمجھا جائے؟ لڑکوں اور لڑکیوں کے جھگڑے ہوتے ہیں مگر ایک عجیب قسم کی بے حسی طاری رہتی ہے۔ حسینائیں بالکل تھوک کے مال کی طرح پرکھتی ہیں اور پرکھی جاتی ہیں۔ جانو ٹھونک بجا کر تانبے کی پتلیاں خریدی جا رہی ہیں۔ امریکہ اور برطانیہ کی ایکسپورٹ امپورٹ ہو رہی ہے۔ جیسے وہاں منڈی کی تلاش میں بھوتنے ہوتے ہیں بالکل اسی طرح پر اسکالرس کی تلاش میں شادی بیاہ ہوتے ہیں۔ احساسِ جنسی کبھی کام کے آتے اور روئی کی بوریوں والا احساس رہ گیا ہے۔ عشق میں جو بہت ہوا تو بے ہوش ہونے کو جی چاہتا ہے" اور ناکامی کے بعد ترارِ تخیل روانگی ہو جاتی ہے۔

کردار نگاری کو چھوڑ کر اگر اندازِ تحریر کو دیکھا جائے تو اس میں انفرادیت اور انوکھا پن کافی موجود ہے، ہاں کبھی کبھی انگریزی کے بعض الفاظ بھونڈے معلوم ہوتے ہیں۔ لیکن ان کے خیالات 'اُلٹے سیدھے ایک دوسرے سے کچھ اس طرح دست و گریباں نظر آتے ہیں کہ جی گھبرانے لگتا ہے۔ اب نکتہ ابھرتا ہے اس کی موافقت اور مخالفت کے سارے نکات دوڑ کر ساتھ لپٹ جاتے ہیں۔ پتہ ہی نہیں چلتا کہ "ہاں" کہہ رہی ہیں یا "نا"۔ حماقت اور عقلمندی کی باتیں ایک سانس میں ایک ہی ارادے سے ابلا کرتی ہیں عام طور پر لکھنے والا ایک کردار چن لیتا ہے جو اس کے اپنے معیار پر پورا اتر سکے جس میں

وہ خود اپنی ہستی کو چھپا کر بیٹھا دیتا ہے ۔ وہ جو پڑھنے والے کو اپنے میں جذب کرنے کے بجائے جگ بیتی کو آپ بیتی کی چاشنی بخشتا ہے ۔ یہ کردار کوئی خیالات کا ہیولا نہیں بلکہ حقیقت سے وابستہ صحیح اور غلط میں امتیاز کرانے والا کردار ہوتا ہے ۔ مگر مس حیدر کا ہر کردار کوئی نہ کوئی ایسی بھچھوری حرکت کر بیٹھتا ہے کہ اسکی پوری تصویر میں ایک بے ہنگم سا کوبڑ نکل آتا ہے ۔ جیسے آدمے کا آدھا ہی کچھ حصے سے زیادہ چار منگا ۔ لیکن اس کے سوچنے میں بھی باٹا کے جوتوں جیسی یکسانیت نظر آتی ہے ۔ پڑھنے والے کو کچھ سوچنے اور سمجھنے میں مدد نہیں ملتی شاید اسی یکسانیت سے اکتا کر خود مصنفہ کبھی کبھی پڑھنے والے کو اچھال کر کسی بال روم یا ہوٹل میں رقص کے دو چار چکر دے دیتی ہیں ۔ کبھی جوہی کی کلیاں ناک میں ٹھونس دیتی ہیں ۔ کبھی ستاروں اور آبشاروں میں گھسیٹ لیجاتی ہیں ۔

کرشن چندر کا کہنا ہے کہ " وہ اب رقص گاہ کی روشنی کے ساتھ ساتھ باہر کا اندھیرا بھی دیکھنے لگی ہیں " شرطیہ یہ انھوں نے تکلفاً کہا ہے ایک نافد کی حیثیت سے نہیں لکھا کیونکہ فی الحال شی شی، اگر کبھی بھولے سے اندھیرے میں جاتی ہیں تو فوراً ٹوڈلڈر جیسی اور شوشو کی برقی ٹارچ چمک اٹھتی ہے ۔ اس لئے وہ اندھیرا کہیں نہیں دیکھتیں در اصل انھوں نے اجالا کبھی نہیں دیکھا ۔ ابھی تک وہ فرحت گاہوں اور سرکسوں کی بقعہ نور فضا میں ٹٹول رہی ہیں ۔ شمع زندگی کی لو انھوں نے نہیں دیکھی کہ کتنی بلند ہو چکی ہے ۔ کیونکہ ان کے تخیل کے شیش محل کی بڑی موٹی موٹی دیواریں ہیں اور ہر روزن پر بیش بہا ایرانی قالین منڈھے ہوئے ہیں ۔ باقی سارے لوازمات پر گرد جم چکی ہے یہی وجہ ہے کہ قرۃ العین کے قلم کا سارا چلبلا پن اور ساری پھرتی ایک گھٹے ہوئے ماحول میں بیدم نظر آتی ہے ۔ نئی لکھو پڑیوں میں وہی فرسودہ دماغ بجائے حسین اور

زندہ نقوش کھینچنے کے سر لیٹنگ کمیل بلوچنے بنانے پر مجبور کرتا ہے۔ وہ دن دور نہیں جب مس حیدر بھی مس حجاب امتیاز علی کی طرح "ممی" اور "لاشوں" کے قصے لکھنے لگیں گی۔ ویسے گو اب بھی ان کے کردار کچھ کم حنوط کئے ہوئے نہیں ہوتے۔

سوال اُٹھتا ہے کہ وہ یہ سب کچھ کیوں کرنے پر مجبور ہیں۔ ان کا خیال ہے کہ دنیا ختم ہو رہی ہے۔ بڑی تیز رفتاری سے ختم ہو رہی ہے۔ اسپین، چین، انڈونیشیا کشمیر سب ختم ہو رہے ہیں۔" کیونکہ وہ سامراجیوں کے چنگل سے چھوٹے جا رہے ہیں۔ بے شک ان کی دنیا مر رہی ہے۔ ختم ہو رہی ہے۔ چین میں سامراج دم توڑ چکا ہے اور باقی ممالک میں بھی پڑا سسک رہا ہے، "ان کی انسانیت بڑے نازک دور سے گزر رہی ہے اور اب اگر ساری دنیا کی زودفیاں بھی ایمبولنس لے کر دوڑ پڑیں تو اس لب دم مریض کو نہ بچا سکیں گی۔ لیکن یہ بھی تو ممکن نہیں، انھیں خود اپنی باتوں پر یقین نہیں۔ ایک دوسرے پر یقین نہیں" زندگی سے، ماضی سے مستقبل سے" اب آئیوری کے برج میں بیٹھ کر قنوطی باتیں کرنے سے بھی کام نہیں چلتا۔ ان کے لئے زندگی، موت ہی کا ایک حصہ ہے۔ ہر چیز کی آڑ میں کچھ نہ ہونے کا ہوا ڈرا رہا ہے اپنے انجام کے آثار، محلے ٹوٹے میں گرتی ہوئی دیواروں کے دھماکوں سے دکھائی دینے لگے ہیں ـــــ "دنیا" مر رہی ہے۔ دم گھٹ رہے ہیں۔

ویسے فساد کے زمانے میں تو اچھی خاصی گزر گئی۔ پرانی کوٹھی بند ہو کر سرخ قالینوں اور لکڑسی کے گہواروں پر گرد جم گئی تو یہ لوگ مع کتوں کے ہوائی جہاز میں لد کر نئے ملک میں قہوہ پینے اور خواب دیکھنے لگے۔ تو پھر یہ ہائے توبہ یہ دہشت صرف اسی

طاقت کیا ہوسکتی ہے جواب انھیں بے دیکھے نظر آنے لگی ہے۔ نئی نویلی عمر میں یہ احساسِ مردنی' یہ فرار اور یاسیت کیا معنی رکھتی ہے۔ شاید سرمایہ دار کی نئی پود ہی گھُٹی ملی ہوئی پیدا ہورہی۔ مردہ پن' فرار اور یاسیت کے جراثیم اسے ورثے ہی میں مل رہے ہیں۔ "سب کچھ پاکر بھی کچھ نہیں کا احساس"........ "دنیا فانی اور چند روزہ ہے"۔ "زندگی کو کوئی معنی نہیں پہنائے جاسکتے" یہ سب کچھ ان کی ہڈیوں میں رچا ہوا ہے۔

بات یہ ہے کہ انھیں یہ معلوم ہوتا جارہا ہے کہ اب یہ چادر کسی پیوند یا رے سے نہیں گو ںتھی جاسکتی۔ اس کی دھجیاں اُڑکر رہیں گی۔ کچھ تو یہ "ڈولی مولی" چھینا جھپٹی میں مسکا دیں گی' اور رہی سہی مارشل پلانوں' ڈالر اسکیموں اور سمجھوتوں کی لوٹ کھسوٹ میں تار تار ہوجائیں گے۔ بقول کسے:-

اپنے مرکز ہی سے ٹکراتا ہے زر کا پھیلاؤ

اور یہ دُنیا کے ختم ہونے کا احساس وہ دوسروں کو بھی دلانا چاہتی ہیں۔ ویسے بات بیحد رومینٹک معلوم ہوتی ہے۔ مگر سمجھنے والوں کو نکتہ بھی کام کا مل جاتا ہے۔ ان لوگوں کا مقصد عوام کے دلوں میں یاسیت اور فرار پیدا کرنا ہے۔ کہ یہ زندگی فانی ہے۔ مارشل پلان بنتے ہیں تو بھائیوں تمھاری بلا سے' جینا ہی کتنے دن کا ہے۔ ڈالر کے جال پھیلتے جارہے ہیں تو کیا ہے۔ ہم تو دو گھڑی کے مہمان ہیں۔ کیا اس دو روزہ زندگی میں کمیونسٹوں کے ساتھ مل کر عوام کے حقوق مانگتے ہو؟" یہاں تو زندگی بھی موت ہی کا اک حصہ ہے"۔ کچھ عمدہ عمدہ مرنے کے طریقے بتائیں آپس میں کٹ مرو۔ چاہو تو مذہب کا شوشہ اٹھا سکتے ہو' ملک اور قوم کا ڈھونگ رچالو۔ مگر

اپنے بچے کے دودھ کی فکر میں نہ گھلو۔ اپنی بیوی کی پھٹی ساری کی پرواہ نہ کرو۔ یہ قطعی غیر رومانی باتیں ہیں۔ غذا اور ستر پوشی کے علاوہ اور بھی تو ضروریاتِ زندگی ہیں۔ جیکی کے پانچ اسپینل بھی تو ہیں۔ ان میں دلچسپی لو۔ ادھر دیکھو، غریب زدنی نامرادی کے مارے ترارخیل دوڑی جا رہی ہے۔ کیونکہ جیکی ڈولی کا ہوگیا ہے کتنا ان رومینٹک سانحہ ہوگیا۔ یہ کیا بکبکار کو الکشن گرڈ بڑا کے اچھے بھلے انکل اور ڈیڈی کا ناطقہ بند کئے دے رہے ہو۔ اس کے بجائے اپنی روحوں کو فربہ کرو۔ شعور اور لاشعور کی گتھیوں کو سمجھو۔ "آؤ ہمتیں" "ستاروں سے آگے" خلا میں اُلٹا لٹکا دیں، وہاں کمیونسٹ پر نہیں مار سکتے۔

ویسے بھی اس سے تو بہتر ہے کہ تم سب لیو کیٹن اور ہواباز کیوں نہیں بنجاتے۔ کم سے کم جارکس بوئے یا رابرٹ ٹائیلر ہی بن جاؤ۔ تاکہ موتی ڈولی کے سہروں کے پھل بھی کھل جائیں۔ کب سے نگوڑیاں کا نوینٹ چھوڑے بیٹھی ہیں۔ گاہکوں کی کمی کی وجہ سے مال گھٹا کر لاشعور بوکھلائے جا رہے ہیں۔ اس طرح دنیا کی بے کاری بھی مٹ جائے گی۔ چیڑی اور دو دو۔ کیا گر کی باتیں ہیں۔ مگر کوئی کھپے جب نا کیا بے قدری ہے اس ملک میں اِنشلک چوُل کی!

آپ سمجھ رہے ہوں گے کہ یہ ساری بکواس کرنے کے بعد میں مارکسی فلسفہ کی لمبی سی مشعل لے کر قرۃ العین کی رہنمائی کرنے چل پڑوں گی۔ اور ان سے کہوں گی کہ "اپنی نئی اسٹوڈی بیکر جس میں آگے بھی شیشہ ہے اور پیچھے بھی" میں بیٹھ کر وہ بھنگی کولونی میں چلی جائیں اور ان کے ساتھ رہکر ان کے لئے عوامی ادب تیار کرنے لگیں۔ جی نہیں۔ اوّل تو عوام کو مصنفوں کی مدد کی ضرورت نہیں، اگر ساری عمر

بھی ہم شہنشاہوں کے سہرے اور مرثیے لکھتے رہیں تب بھی عوام کی جد وجہد کو نقصان نہیں پہونچ سکے گا۔ انقلاب کی جنگ صرف مزدوروں اور کسانوں کی جنگ ہے۔ ہم مصنفین کی حیثیت اس بحرِ بےکراں میں ایک جگنو سے زیادہ نہیں۔ ممکن ہے ہماری پالیسی ان کی فتح میں چند گھنٹوں کا فرق ڈال سکے۔ اس سے زیادہ نہیں۔ اب یہ ہمیں فیصلہ کرنا ہے کہ ہم اپنے چند گھنٹے کس پارٹی کو دیں۔ گرتے ہوئے سامراج کو یا اٹھتے ہوئے عوامی جذبے کو۔ انھیں ایک گھنٹہ زیادہ جلائیں یا ان کی مشکل جلد از جلد آسان کر کے عوام کی فتح کی تاخیر کو مٹائیں۔ ہمارے اس فیصلہ پر ہمارے فن اور اسکی بقا کا انحصار ہے۔

اس کے علاوہ عوام کی مدد کرنے کا یہی طریقہ نہیں کہ ہم اوٹ پٹانگ، بغیر جانے بوجھے، ان کے بارے میں لکھنا شروع کر دیں۔ وہ جو واقعی عوام میں جذب ہو کر ان کے بن سکتے ہیں تو کیا کہنے۔ لیکن وہ جن کی وسعتیں محدود ہیں اور وہ درمیانہ طبقے سے ہی زیادہ قریب ہیں ان کا فرض ہے کہ وہ اپنے طبقے کی صرف عکاسی ہی نہ کریں بلکہ اپنے فن کی مدد سے ان کے خاکوں میں جاذبِ نظر رنگ آمیزی سے صحت بخش نظریہ پیش کریں۔ انھیں مزدور طبقے سے روشناس کر کے قریب تر لائیں۔ ان کی فضول قدروں کی حماقت اور صحیح قدروں کی خوبصورتیوں کو اجاگر کرنے میں مدد دیں اس لئے قرۃ العین کا فرض ہے کہ وہ کم از کم اپنے طبقے ہی کی ایمانداری سے ایسی عکاسی کریں اور ان میں ایسے رنگ بھریں جو ان کی اُمنگوں کا جواب بن سکیں۔ اُلٹے سیدھے فوٹو اتارنے کے بجائے ایسے رنگین مرقعے تیار کریں جنھیں دیکھ کر روڈی اور پوم پوم سوچیں اور سمجھیں کہ انھیں کیا اور کیسے کرنا ہے۔ کم از کم یہی بتائیں کہ یہ بےچاریاں

کن ہتھکنڈوں کے ذریعے شادی کے بازار میں کامیاب چھینا جھپٹی کریں کہ "بیچاری عورت کچھ تو کم ٹریجک مخلوق بن سکے" یہ کیا کہ ایک طرف وہ کمیونسٹوں اور ان کے ارادوں سے ناراض ہیں، دوسری طرف لوگوں کے دل میں ہراس اور "کچھ نہیں" کا احساس شدت سے پیدا کرنا چاہتی ہیں۔

مگر یہ میں نے غلط رلے دی۔ اس طبقہ کو سدھارنے کی کوشش اتنی ہی فضول ہے جتنی مینڈکوں کو اڑنا سکھانے کی۔ یہ پود تو بے بال و پر لنڈ منڈ ہی پیدا ہو رہی ہے۔ دق تیسرے درجے کو پہونچ چکی ہے۔ اب تو وقت دوا اور دعا دونوں نکل چکے۔ یہ تو اب یوں ہی دماغی اور روحانی شعور اور لاشعور کے مرض میں گھل گھل کر ختم ہو جائے گی۔ اب تو بہتر یہی ہے کہ قرۃ العین ان کی مٹی عزیز کرنے میں جو کچھ بھی مدد کر سکتی ہیں کر ڈالیں ثواب ملیگا۔ اس سے بہتر تو یہ ہے کہ اُن عقابوں سے کیلئے بچوں پر سان رکھی جائے جو اس لب دم مریض پر جھپٹے مار رہے ہیں اور کوئی دم میں تکا بوٹی کیا چاہتے ہیں۔ چلتے چلتے اتنا کہے بغیر نہیں رہا جاتا کہ ہمیں قرۃ العین کے قلم سے ایک لگاؤ ہے۔ عجیب قسم کا پیار ہے جسے جھنکتے وقت وہی پرانی رسمی ٹیسیں اٹھتی ہیں اور جی چاہتا ہے کاش ان کی پوم پوم ڈارلنگ ایک بار ان موٹے موٹے ایرانی قالینوں کو دور پھینک کر ادھر ہے چار منگ لوگوں کو بھول کر چل پڑے ...... مثلاً بمبئی ...... " پھر یہاں اس کو ایک کامریڈ ملجائے جو اپنے آئیڈیلز کے لئے دنیا سے لڑ کر میدان میں آیا، پھر وہ اس سے شادی کرے تو جمی زوبی کی محبت اُسے مضحکہ خیز معلوم ہونے لگے۔ ایک چھوٹے سے فلیٹ میں رہنے لگے۔ گھر کا خرچ پورا کرنے کیلئے کسی اسکول یا اخبار کے دفتر میں نوکری کرلے

اور شام کو دوستوں میں بیٹھ کر سوشلزم بگھارے اور ان کے لئے کافی تیار کرے۔" بخدا کافی بنانا "ان چارمنگ بوروں" سے مغز پچی کرنے سے ہزار درجہ زیادہ سہل اور دلچسپ مشغلہ ہے اور پھر جب اس کے بچہ کا باپ شاعر یا ادیب ہونے کے جرم میں نامعلوم میعاد کے لئے جیل میں ڈال دیا جائے تو ہر ہفتہ ننھے بچے کو گود میں لے کر اس سے ملنے جائے۔ خدا نے چاہا تو پرانے جراثیم مر جائیں گے۔ ٹونی۔ فی فی اور جیمی کے پانچ عزیز جانثار کتوں کی جدائی شاق نہ گزرے گی۔ ایک ڈالر کو چھوڑ کر دوسرے کے پیچھے بھاگنے کی ضرورت ختم ہو جائے گی۔ اپنے پرانے خول سے نفرت بھی نہ رہے گی۔ صرف کبھی کبھی جھرجھری آ جائے گی۔

"کچھ بھی نہیں" مت کر" بہت کچھ جنم لے گا۔ جمی ہوئی گرد جھڑ جائے گی اور مردہ زندگی میں چہل پہل جاگ اٹھے گی سارے واہ کہیں بیسویں صدی میں بھی معجزے ہو سکتے ہیں !!!

جڑیں

سب کے چہرے فق تھے گھر میں کھانا بھی نہ پکا تھا۔ آج چھٹا روز تھا۔ بچے اسکول چھوڑے گھروں میں بیٹھے اپنی اور سارے گھر والوں کی زندگی وبال کیے رہے تھے۔ وہی مارکٹائی دھول دھپا، وہی اودھم اور قلابازیاں جیسے ۱۵ اگست آیا ہی نہ ہو۔ کمبختوں کو یہ بھی خیال نہیں کہ انگریز چلے گئے اور چلتے چلتے ایسا گہرا گھاؤ مار گئے جو برسوں رِسے گا۔ ہندستان پر عمل جراحی کچھ ایسے لنجے ہاتھوں اور کھٹل نشتروں سے ہوا ہے کہ ہزاروں شریانیں کٹ گئی ہیں۔ خون کی ندیاں بہہ رہی ہیں۔ کسی میں اتنی سکت نہیں کہ ٹانکہ لگا سکے۔

کوئی اور معمولی دن ہوتا تو کمبختوں سے کہا جاتا باہر کالا منہ کرکے غدر مچاؤ لیکن چند روز سے شہر کی فضا ایسی غلیظ ہو رہی تھی کہ شہر کے سارے مسلمان ایک طرح سے نظر بند بیٹھے تھے۔ گھروں میں تالے پڑے تھے اور باہر پولیس کا پہرا تھا۔ لہذا کلیجے کے ٹکڑوں کو سینے پر کودوں دلنے کے لئے چھوڑ دیا گیا۔ ویسے سول لائنس میں امن ہی تھا جیسا کہ عام طور پر رہتا ہے یہ تو گندگی وہیں زیادہ اچھلتی ہے جہاں چہ بچے

ہوتے ہیں۔ جہاں غربت ہوتی ہے۔ وہیں جہالت کے گھورے پر نام نہاد مذہب کے ڈھیر بجبجاتے ہیں اور یہ ڈھیر کر یدے جا چکے تھے۔ اوپر سے پنجاب سے آنے والوں کی دن بدن بڑھتی ہوئی تعداد اقلیت کے دل میں دہشت بٹھا رہی تھی۔ غلاظت کے ڈھیر تیزی سے کریدے جا رہے تھے اور عفونت رینگتی رینگتی صاف ستھری سڑکوں پر پہونچ چکی تھی۔ دو چار جگہ تو کھلم کھلا مظاہرے بھی ہوئے لیکن مارواڑ کی ریاستوں کے ہندو مسلمان کی اس قدر ملتی جلتی معاشرت ہے کہ انھیں نام صورت یا لباس سے بھی باہر والے مشکل سے پہچان سکتے ہیں۔ باہر والے اقلیت کے لوگ جو آسانی سے پہچانے جا سکتے تھے وہ تو پندرہ اگست کی بو پاکر ہی پاکستان کی حدود میں کھسک گئے تھے رہے ریاست کے قدیم باشندے تو نہ ہی ان میں اتنی سمجھ اور نہ ہی ان کی اتنی حیثیت کہ پاکستان اور ہندستان کا دقیق مسئلہ انھیں کوئی بیٹھ کر سمجھاتا جنھیں سمجھنا تھا وہ سمجھ چکے تھے اور وہ محفوظ ہو چکے تھے، باقی جو یہ سُن کر گئے تھے کہ چار سیر کا گیہوں اور چار آنے کی ہاتھ بھر لمبی نان پاؤ ملتی ہے وہ لوٹ رہے تھے، کیونکہ وہاں جاکر انھیں یہ بھی پتہ چلا کہ چار سیر کا گیہوں خریدنے کے لئے ایک روپیہ کی بھی ضرورت ہوتی ہے اور ہاتھ بھر لمبی نان پاؤ کے لئے پوری چونی دینا پڑتی ہے اور یہ روپیہ اٹھنیاں نہ ہی کسی دوکان پر ملیں اور نہ کھیتوں میں اُگیں۔ انھیں حاصل کرنا اتنا ہی مشکل ہے جتنا زندہ رہنے کی تگ و دو۔

لہٰذا جب کھلم کھلا علاقوں سے اقلیت کو نکالنے کی رائے ہوئی تو بڑی

مشکل آن پڑی۔ ٹھاکروں نے صاف کہہ دیا کہ صاحب رعایا ایسی گنتی ملی رہتی ہو مسلمانوں کو بین کر نکلنے کے لئے باقاعدہ اشانن کی ضرورت ہے جو کہ بیکار نائد خرچ ہے ویسے آپ اگر کوئی ٹکڑے زمین کے شرنارتھیوں کے لیے خریدنا چاہیں تو وہ خالی کرائے جا سکتے ہیں۔ جانور تو رہتے ہی ہیں جب کہیئے جنگل خالی کرا دیا جائے۔

اب باقی رہ گئے چند گنے چنے خاندان۔ جو یا تو مہاراجہ کے چیلے چانٹوں میں سے تھے اور جن کے جانے کا سوال نہ تھا یا وہ جو جانے کو تلے بیٹھے تھے۔ بس بستر بندھ رہے تھے۔ ہمارا خاندان بھی اسی فہرست میں آتا تھا۔ جب تک بڑے بھائی اجمیر سے نہ آئے تھے کچھ ایسی جلدی نہ تھی مگر انھوں نے تو آگر بوکھلا ہی دیا۔ پھر بھی کسی نے زیادہ اہمیت نہ دی۔ وہ تو شاید کسی کے کان پر جوں نہ رینگتی اور برسوں اسباب نہ بندھ چکتا جو اللہ بھلا کرے چھبا میاں کا وہ پینترا نہ چلتے۔ بڑے بھائی تو جانے ہی والے تھے کہہ کہہ کر ہار گئے تھے۔ تو میاں چھبا نے کیا کیا کہ ایک دم اسکول کی دیوار پر "پاکستان زندہ باد" لکھنے کا فیصلہ کر لیا روپ چندجی کے بچوں نے اس کی مخالفت کی اور فوراً "بگاڑ کر" کھنڈ ہندستان" لکھ دیا۔ نتیجہ یہ کہ چل گیا جوتا اور ایک دوسرے ہی کو صفحہ ہستی سے مٹانے کی سعی فرمائی گئی، بات بڑھ گئی۔ حتیٰ کہ پولیس بلائی گئی اور جو چند گنتی کے مسلمان بچے تھے۔ انھیں لاری میں بھر کر گھروں کو بھجوا دیا گیا۔

اب سُنیئے کہ جوں ہی بچے گھر میں آئے ہمیشہ ہیضہ طاعون کے سپرد کرنے والی مائیں۔ ماتما سے بے قرار ہو کر دوڑیں، اور انھیں کلیجے سے لگا لیا گیا

اور کوئی دن ہوتا اور روپ چند جی کے بچوں سے پِٹا لڑکا آتا تو دُلھن بھابی اس کی وہ جوتیوں سے مرہم پٹی کرتیں کہ توبہ بھلی اور اٹھا کر انہیں روپ چند جی کے پاس بھیج دیا جاتا کہ بلاّ لے اُسے انڈے کا تیل اور کونین مکسچر کیونکہ روپ چند جی ہمارے خاندانی ڈاکٹر ہی نہیں ابّا کے پرانے دوست تھے۔ ڈاکٹر صاحب کی دوستی ابّا سے۔ ان کے بیٹوں کی بھائیوں سے۔ بہوؤں کی ہماری بھاوجوں سے۔ اور نئی پود کی نئی پود سے آپس میں دانت کاٹی روٹی تھی۔ دونوں خاندانوں کی موجودہ تین پیڑھیاں ایک دوسرے سے ایسی گھلی ملی تھیں کہ شبہ بھی نہ تھا کہ ہندستان کی تقسیم کے بعد اس محبت میں پھوٹ پڑ جائے گی۔ حالانکہ دونوں خاندانوں میں مسلم لیگی کانگریسی اور مہا سبھائی موجود تھے اور مذہبی اور سیاسی بحثیں بھی جم جم کر ہوتیں مگر ایسے ہی جیسے فٹ بال یا کرکٹ میچ ہوتے ہیں۔ ادھر ابا کانگریسی تھے تو اُدھر ڈاکٹر صاحب اور بڑے بھائی لیگی تھے، تو ادھر گیان چند مہا سبھائی ادھر منجھلے بھائی کمیونسٹ تھے تو اُدھر گلاب چند سوشلسٹ۔ اور پھر اسی حساب سے مردوں کی بیویاں اور بچے بھی اسی پارٹی کے تھے۔ عام طور پر جب مچیٹا ہوتا تو کانگریس کا پلہ بھاری پڑتا۔ کمیونسٹ سوشلسٹ بھی گالیاں کھاتے، مگر کانگریس ہی میں گھس پڑتے۔ رہ جاتے مہا سبھائی اور لیگی یہ دونوں ہمیشہ ساتھ دیتے۔ گو وہ ایک دوسرے کے دشمن ہوتے۔ پھر بھی دونوں مل کر کانگریس پر حملہ کرتے۔

لیکن ادھر کچھ سال سے مسلم لیگ کا زور بڑھتا گیا اور اُدھر مہا سبھا کا۔ کانگریس کا تو بالکل پتلا ہو گیا۔ بڑے بھائی کی سپاہ سالاری میں گھر کی ساری نئی پود سوائے دو ایک غیر جانب دار قسم کے کانگریسیوں کو چھوڑ کر نیشنل گارڈ کی طرح ڈٹ گئی

ادھر گیان چند کی سرداری میں سیوک سنگھ کا چھوٹا سا دل ٹوٹ گیا۔ مگر دوستی اور محبت میں فتور نہ آیا۔

"اپنے للّو کی شادی تو منی ہی سے کروں گا" مہا بھائی گیان چند منّی کے لیگی باپ سے کہتے "سونے کی پازیب لاؤں گا۔"

"یار لمع کی نہ ٹھوک دینا۔" یعنی بڑے بھائی گیان چند کی ساہوکاری پر حملہ کرتے ہیں۔

اور ادھر نیشنل گارڈ دیواروں پر پاکستان زندہ باد لکھ دیتے اور سیوا سنگھ کا دل اسے بگاڑ کر "اکھنڈ ہندستان" لکھ دیتا۔ یہ اس وقت کا ذکر ہے جب پاکستان کا لین دین ایک ہنسنے ہنسانے کا مشغلہ تھا۔

ابا اور روپ چند جی یہ سب کچھ سنتے اور مسکراتے اور سارے ایشیا کو ایک بنانے کے منصوبے باندھنے لگتے۔

اماں اور چاچی سیاست سے دور مہینے ہلدی اور بیٹیوں کے جہیزوں کی باتیں کیا کرتیں اور بہوئیں ایک دوسرے کے فیشن چرانے کی تاک میں لگی رہتیں نمک مرچ کے ساتھ ساتھ ڈاکٹر صاحب کے یہاں سے دوائیں بھی منگوائی جاتیں روز۔ کسی کو چھینک آئی اور دوڑا ڈاکٹر صاحب کے پاس یا جہاں کوئی بیمار ہوا اور اماں نے دال بھری روٹی یا دہی بڑے بنوانے شروع کئے اور ڈاکٹر صاحب سے کہلوا دیا کہ کھانا ہو تو آجائیے۔ اب ڈاکٹر صاحب اپنے پوتوں کا ہاتھ پکڑے آن پہونچے۔

چلتے وقت بیوی کہتیں "کھانا نہ کھانا سنا!"

"ہوں تو پھر فیس کیسے وصول کروں۔ دیکھ جی لالہ اور چُنّی کو بھیج دینا"

"ہائے رام تمھیں تو لاج بھی نہیں آتی۔" چاچی بڑبڑاتیں۔ مزہ تو جب آتا جب کبھی اماں کی طبیعت خراب ہو جاتی۔ اماں کانپ جاتیں۔

"نا بھئی میں اس مسخرے سے علاج نہیں کراؤں گی۔" مگر پھر گھر کے ڈاکٹر کو چھوڑ کر کون شہر سے بلانے جاتا۔ لہذا سنتے ہی ڈاکٹر صاحب دوڑے آتے۔

"اکیلی اکیلی پلاؤ زردے اڑاؤ گی تو آپ بیمار پڑو گی۔" وہ جلاتے

"جیسے تم کھاؤ ہو ویسے ہی اوروں کو سمجھتے ہو۔" اماں پردے کے پیچھے سے بھنّاتیں۔

"ارے یہ بیماری کا تو بہانہ ہے۔ بھابی تم ویسے ہی کھلوا دیا کرو۔ میں آجایا کروں گا۔ یہ ڈھونگ کاہے کو رچاتی ہو۔" وہ آنکھوں میں شرارت جمع کرکے مسکراتے اور اماں جل کر ہاتھ کھینچ لیتیں اور صلواتیں سناتیں۔ ابا مسکرا کر رہ جاتے۔

ایک مریض کو دیکھنے آتے تو سارے گھر کے مرض اٹھ کھڑے ہوتے۔ کوئی اپنا پیٹ لئے چلا آرہا ہے تو کسی کی پھنسی چھل گئی۔ کسی کا کان پک رہا ہے تو کسی کی ناک سوجی ہوئی ہے۔

"کیا مصیبت ہے ڈپٹی صاحب! ایک آدھ کو زہر دے دوں گا۔ کیا مجھے سلوتری سمجھا ہے کہ دنیا بھر کے جانور ٹوٹ پڑے۔" وہ مریضوں کو دیکھتے جاتے اور بڑبڑاتے جاتے۔

اور جہاں کوئی نئے بچے کی آمد کی اطلاع ہوتی۔ وہ جملہ سامانِ تخلیق کو گالیاں دینے لگتے۔

"ہُنہ مفت کا ڈاکٹر ہے۔ پیدا کیے جاؤ کمبخت کے سینے پر کودوں دلنے کے لئے۔"

گر جوں ہی درد شروع ہوتا وہ اپنے برآمدے سے ہمارے برآمدے کے چکر کاٹنے لگتے۔ چیخ چنگھاڑ سے سب کو بوکھلا دیتے۔ محلے ٹولے والیوں کا آنا دشوار، بننے والے باپ کے آتے جاتے تڑاتڑ چپتیں اور جرأت احمقانہ پر پھٹکاریں۔

پر جوں ہی بچے کی پہلی آواز ان کے کان میں پہونچتی وہ برآمدے سے دروازے پر اور دروازے سے کمرے کے اندر آجاتے اور ان کے ساتھ ساتھ ابا بھی باولے ہو کر آجاتے۔ عورتیں کوستی پیٹتی پردے میں ہو جاتیں، زچہ کی نبض دیکھ کر وہ اس کی پیٹھ ٹھونکتے "واہ میری بیٹری!" اور بچے کا نال کاٹ کر نہلانا شروع کر دیتے۔ والد صاحب گھبرا گھبرا کر جو ہٹر نرس کا کام انجام دینے پر اماں چلانا شروع کر دیتیں۔

"غضب خدا کا۔ یہ مردوئے ہیں کہ زچہ خانے میں پلے پڑتے ہیں۔" اور معاملہ کی نزاکت کو محسوس کر کے دونوں ڈانٹ کھائے ہوئے بچوں کی طرح بھاگتے باہر۔

اور پھر جب ابا کے اوپر فالج کا حملہ ہوا تو روپ چند جی ہاسپٹل سے ریٹائرڈ ہو چکے تھے اور ان کی ساری پریکٹس، ان کے اور ہمارے گھر تک محدود

رہ گئی تھی۔ علاج تو اور بھی کئی ڈاکٹر کر رہے تھے مگر نرس کے اور اماں کے ساتھ ڈاکٹر صاحب ہی جل گئے اور جس وقت سے وہ ابا کو دفنا کر آئے خاندانی محبت کے علاوہ انھیں ذمہ داری کا بھی احساس ہو گیا۔ بچوں کی فیس معاف کرانے، اسکول دوڑے جاتے۔ لڑکیوں بالیوں کے جہیز کے لئے گیان چند کا ناطقہ بند رکھتے۔ گھر کا کوئی خاص کام بغیر ڈاکٹر صاحب کی رائے کے نہ ہوتا۔ پچھلی بازو کو تڑوا کر جب دو کمرے بڑھانے کا سوال اٹھا تو ڈاکٹر صاحب ہی کی رائے سے دبا دیا گیا۔

"اس سے تو اوپر دو کمرے بڑھوا لو" انھوں نے رائے دی۔ اور اس پر عمل ہوا۔ مجّن ایف اے میں سائنس لینے کو تیار نہ تھا۔ ڈاکٹر صاحب جوتا لے کر پل پڑے، معاملہ طے ہو گیا۔ فریدہ میاں سے لڑکر گھر آن بیٹھی۔ ڈاکٹر صاحب کے پاس اس کا میاں پہنچا اور دوسرے دن اس کی منجھلی بہو شیلا جب بیاہ کر آئی تو دائی کا جھگڑا بھی ختم ہو گیا۔ بیچاری ہسپتال سے بھاگی آتی۔ فیس تو دور کی چیز ہے اوپر سے چھٹے دن کرتا ٹوپی لے کر آتی۔

پر آج جب چھبا لڑ کر آئے تو ان کی ایسی آؤ بھگت ہوئی جیسے مرد غازی میدان مار کر آیا ہے۔ سب نے ہی اس کی بہادری کی تفصیل پوچھی اور بہت سی زبانوں کے آگے صرف اماں کی زبان گنگ رہی۔ آج سے نہیں وہ پندرہ اگست سے جب ڈاکٹر صاحب کے گھر پر ترنگا جھنڈا اور اپنے گھر پر لیگ کا جھنڈا لگا تھا اسی دن سے ان کی زبان کو چپ لگ گئی تھی۔ ان دو جھنڈوں کے درمیان میلوں لمبی چوڑی خلیج حائل ہو گئی۔ جس کی بھیانک گہرائی کو وہ اپنی غمگین آنکھوں سے

دیکھ دیکھ کر لرزا کرتیں۔ پھر منشر نارھتیوں کا غلبہ ہوا۔ بڑی بہو کے میکے والے بھاول پور سے مال لٹا کر اور بمشکل جان بچا کر جب آئے تو خلیج کا دہانہ چوڑا ہوگیا۔ پھر راول پنڈی سے جب نرملا کے سسرال والے نیم مردہ حالت میں آئے تو اس خلیج میں اژدھے پھنکاریں مارنے لگے۔ جب چھوٹی بھابی نے اپنے بچے کا پیٹ دکھانے کو بھیجا تو شیلا بھابی نے جلدی سے نوکر کو بھگا دیا۔

اور کسی نے بھی اس معاملے پر بحث مباحثہ نہیں کیا۔ سارے گھر کے مرض ایک دم رک گئے۔ بڑی بھابی تو اپنے ہسٹریا کے دورے بھول کر لپا جھپ اسباب باندھنے لگیں۔

"میرے نرنک کو ہاتھ نہ لگانا" اماں کی زبان آخر کو کھلی اور سب ہکا بکا رہ گئے۔

"کیا آپ نہیں جائیں گی؟" بڑے بھیا ترشی سے بولے۔

"نوج موئی میں رندھنوں میں مرنے جاؤں۔ اللہ ماریاں۔ بر کے پاجامے پھڑکاتی پھرتی ہیں"

"تو سنجلے کے پاس ڈھاکہ چلی جائیے۔"

"اے وہ ڈھاکہ کاہے کو جائیں گی۔ کہیں کی مونڈی کاٹے بنگالی تو چاول ہاتھوں سے لیتڑ لیتڑ کے کھاویں ہیں۔" سنجلے کی ساس ممانی بی نے طعنہ دیا

"تو راولپنڈی چلو فریدہ کے یہاں" خالہ بولیں۔

"توبہ میری' اللہ پاک پنجابیوں کے ہاتھوں کسی کی مٹی پلید نہ کرائے مٹ گئی دوزخیوں کی تو زبان بولے ہیں" آج تو میری کم سخن اماں پٹاپٹ

بول چلیں :-

" اے بوا تمھاری تو وہی مثل ہوگئی کہ اُدھ بچے کہ نیچے بھیریئے کے بیٹھ تلے بیٹی بیٹر اگھر نہ جانو۔ اے بی یہ کٹو گلہری کی طرح غمزہ مستیاں کہ بادشاہ نے بلایا۔ تو بھی جھم جھم کرتا....... ہاتھی بھیجا کہ چک چک یہ تو کالا کالا کہ گھوڑا بھیجا چک چک یہ تو لاتیں جھاڑے کہ ....

باوجود کہ فضا مکدر سی تھی پھر بھی قہقہہ پڑ گیا۔ میری اماں کا منہ اور پھول گیا۔

" کیا بچوں کی سی باتیں ہو رہی ہیں " نیشنل گارڈ کے سردار اعلیٰ بولے " جن کا سر نہ پیر۔ کیا ارادہ ہے۔ یہاں رہ کر کٹ مریں ؟ "

" تم لوگ جاؤ، اب میں کہاں جاؤں گی ۔ میرا آخری وقت ۔ "

" تو آخری وقت میں کافروں سے گت بنواؤ گی ؟ " خالہ بی پوٹلیاں گنتی جاتی ہیں اور پوٹلیوں میں سے سونے چاندی کے زیور سے لے کر ہڈیوں کا منجن، سوکھی میتھی اور ملتانی مٹی تک تھی۔ ان چیزوں کو وہ ایسے کلیجے سے لگا کر لے جا رہی تھیں گویا پاکستان کا اسٹرلنگ بیلنس کم ہو جائے گا۔ تین دفعہ بڑے بھائی نے جل کر ان کی پرانے روہڑ کی پوٹلیاں پھینکیں پر وہ ایسی چنگھاڑیں گویا یہ دولت نہ گئی تو پاکستان غریب ہو جائے گا۔ اور مجبوراً بچوں کے موت میں ڈوبی ہوئی گدیلوں کی روئی کے بلندے باندھنے پڑے۔ برتن بوروں میں بھرے گئے۔ پلنگوں کی پائے پٹیاں کھول کر جھلنگوں میں باندھی گئیں اور دیکھتے ہی دیکھتے جما جمایا گھر ٹیڑھی میڑھی گٹھریوں اور بقچوں میں تبدیل ہو گیا۔

۔ تو سامان کے پیر لگ گئے ہیں اور قلانچیں بھرتا پھرتا ہے۔ ذرا سستانے کو بیٹھا ہے اور پھر اٹھ کر ناچنے لگے گا۔

پر اماں کا ٹرنک جوں کا توں رکھا رہا۔

"آپ کا ارادہ یہاں مرنے کا ہے تو کون روک سکتا ہے"۔ بھائی صاحب نے آخر میں کہا۔

اور میری معصوم صورت کی بھولی سی اماں ٹکٹکی آنکھوں سے گدلے آسمان کو تکتی رہیں، جیسے وہ خود اپنے آپ سے پوچھتی ہوں کون مار ڈالے گا؟ اور کب؟

"اماں تو سٹھیا گئی ہیں۔ اس عمر میں عقل ٹھکانے نہیں" منجھلے بھائی کان میں کھسپھسائے۔

"کیا معلوم انھیں کہ کافروں نے معصوموں پر تو اور ظلم ڈھائے ہیں۔ اپنا وطن ہوگا تو جان و مال کا تو اطمینان رہے گا"۔

اگر میری کم سخن اماں کی زبان تیز ہوتی تو وہ ضرور کہتیں "اپنا وطن ہے کس چڑیا کا نام؟ لوگو! بتاؤ تو وہ ہے کہاں اپنا وطن، جس مٹی میں جنم لیا جس میں لوٹ پوٹ کر بڑھے پلے، وہی اپنا وطن نہ ہوا تو پھر جہاں چار دن کو جاکر بس جاؤ وہ کیسے اپنا وطن ہو جائے گا اور پھر کون جانے وہاں سے بھی کوئی نکال دے۔ کہے جاؤ نیا وطن بساؤ۔ اب یہاں چراغ سحری بنی بیٹھی ہوں، ایک ننھا سا جھونکا آیا اور وطن کا جھگڑا ختم۔ اور یہ وطن اجاڑنے اور بسانے کا کھیل کچھ دلچسپی بھی تو نہیں ایک دن تھا مغل اپنا وطن چھوڑ کر نیا وطن بسانے آئے تھے۔ آج پھر چلو وطن بسانے

وطن نہ ہوا پیر کی جوتی ہوگئی، ذرا تنگ پڑی اتار پھینکی، دوسری پہن لی۔ مگر وہ خاموش رہیں اور ان کا چہرہ پہلے سے زیادہ تھکا ہوا معلوم ہونے لگا جیسے وہ صدیوں سے وطن کی کھوج میں خاک چھاننے کے بعد تھک کر آن بیٹھی ہوں اور اس تلاش میں خود کو بھی کھو چکی ہوں۔

سر آئے پیر گئے۔ مگر اماں اپنی جگہ پر ایسے جمی رہیں جیسے بڑ کے پیڑ کی جڑ آندھی طوفان میں کھڑی رہتی ہے۔

پر جب بیٹے بیٹیاں بہوئیں، داماد، پوتے، پوتیاں، نواسے، نواسیاں پورا کا پورا قافلہ بڑے پھاٹک سے نکل کر پولیس کی نگرانی میں لاریوں میں سوار ہونے لگا تو ان کے کلیجے کے ٹکڑے اُڑنے لگے۔ بے چین نظروں سے انھوں نے خلیج کے اس پار بےکسی سے دیکھا۔ سڑک بیچ کا گھر اتنا دور لگا جیسے دور افق پر کوئی سرگرداں بادل کا ٹکڑا۔ روپ چند جی کا برآمدہ سنسان پڑا تھا۔ دو ایک بار بچے باہر نکلے مگر ہاتھ پکڑ کر واپس گھسیٹ لئے گئے۔ پر اماں کی آنسو بھری آنکھوں نے ان آنکھوں کو دیکھ لیا جو دروازوں کی جھریوں اور چقوں کے پیچھے نمناک ہو رہی تھیں۔ جب لاریاں دھول اڑا کر قافلے کو لے سدھاریں تو ایک بائیں طرف کی مردہ حس نے سانس لی، دروازہ کھلا اور بوجھل قدموں سے روپ چند جی چوروں کی طرح سامنے کے خالی ڈھنڈھار گھر کو تاکتے نکلے اور تھوڑی دیر تک غبار کے بگولے میں بچھڑی ہوئی صورتوں کو ڈھونڈھتے رہے اور پھر ان کی ناکام نگاہیں مجرمانہ انداز میں، اجڑے دیار میں بھٹکتی ہوئی واپس زمین میں دھنس گئیں۔

جب ساری عمر کی پونجی کو خدا کے رحم و کرم کے حوالے کر کے اماں دھنڈھار

صحن میں آکر کھڑی ہوئیں تو ان کا بوڑھا دل ننھے بچے کی طرح سہم کر کمھلا گیا جیسے چاروں طرف سے بھوت آن کر انھیں دبوچ لیں گے۔ چکرا کر انھوں نے کھمبے کا سہارا لیا۔ سامنے نظر اٹھی تو کلیجہ اچھل کر منہ کو آیا۔ یہی تو وہ کمرہ تھا جیسے دولھا کی پیار بھری گود میں لانگ کر آئی تھیں۔ یہیں تو کمسن خوفزدہ آنکھوں والی بھولی سی دلھن کے چاند سے چہرے پر سے گھونگھٹ اٹھا۔ زندگی بھر کی غلامی لکھدی تھی۔ وہ سامنے بازو کے کمرے میں پہلوٹی کی بیٹی پیدا ہوئی تھی اور بڑی بیٹی کی یاد ایک دم سے ہوک بن کر کلیجے میں کوند گئی، وہ کونے میں اس کا نال گڑا تھا۔ ایک نہیں دس نال گڑے تھے اور دس روحوں نے یہیں پہلی سانس لی تھی۔ دس گوشت و پوست کی مورتیوں نے، دس انسانوں نے اسی مقدس کمرے میں جنم لیا تھا۔ اس مقدس کوکھ سے جسے آج وہ چھوڑ کر چلے گئے تھے۔ جیسے وہ پرانی کینچلی تھی جسے کانٹوں میں الجھا کر وہ سب شاسنٹ نکلے چلے گئے۔ امن اور سکون کی تلاش میں۔ روپیہ کے ۴ سیر گیہوں کے پیچھے اور وہ ننھی ننھی ہستیوں کی پیاری آغوں آغوں سے کمرہ اب تک گونج رہا تھا۔ لپک کر وہ کمرے میں گود پھیلا کر دوڑ گئیں، پھر ان کی گود خالی تھی وہ گود جسے سہاگنیں تقدس سے چھو کر ہاتھ کوکھ کو لگاتی تھیں، آج خالی تھی۔ کمرہ پڑا بھائیں بھائیں کر رہا تھا۔ وحشت زدہ ہو کر وہ لوٹ پڑیں مگر چھپے ہوئے تخیل کے قدم نہ لوٹا سکیں۔ وہ دوسرے کمرے میں لڑکھڑا گئے۔ یہیں تو زندگی کے ساتھی نے پچاس برس کے نباہ کے بعد منہ موڑا تھا۔ یہیں دروازے کے سامنے کفنائی ہوئی لاش رکھی تھی۔ سارا کنبہ گھیرے کھڑا تھا۔ خوش نصیب تھے وہ جو اپنے پیاروں کی گود میں سدھارے پر زندگی کی ساتھی کو چھوڑ گئے، جو

آج بے کفنائی ہوئی لاش کی طرح لاوارث پڑی رہ گئی۔ بیروں نے جواب دے دیا اور وہیں بیٹھ گئیں جہاں میت کے سرہانے دس برس ان کپکپاتے ہاتھوں نے چراغ جلایا تھا۔ پر آج چراغ میں تیل نہ تھا اور بتی بھی ختم ہو چکی تھی۔

اور سامنے روپ چند اپنے برآمدے میں زور زور سے ٹہل رہے تھے گالیاں دے رہے تھے۔ اپنے بیوی بچوں کو، نوکروں کو۔ سرکار کو اور سامنے پھیلی ہوئی بے زبان سڑک کو، اینٹ پتھر کو اور چاقو چھری کو۔ حتٰی کہ پوری کائنات ان کی گالیوں کی بمباری کے آگے سہمی دبکی بیٹھی تھی۔ اور خاص طور پر اس خالی گھر کو جو سڑک کے اس پار کھڑا ان کا منہ چڑا رہا تھا جیسے خود انھوں نے اپنے ہاتھوں سے اس کی اینٹ سے اینٹ ٹکرادی ہو، وہ کوئی چیز اپنے دماغ میں سے جھٹک دینا چاہتے تھے۔ ساری قوتوں کی مدد سے نوچ کر پھینک دینا چاہتے تھے مگر ناکام سے جھنجلا اٹھتے تھے۔ کینہ کی جڑوں کی طرح جو چیز ان کے وجود میں جم چکی تھی وہ اسے پوری طاقت سے کھینچ رہے تھے۔ مگر ساتھ ساتھ جیسے ان کا گوشت کھنچا چلا آتا ہو، وہ کراہ کر چھوڑ دیتے تھے۔ پھر ایک دم ان کی گالیاں بند ہو گئیں، ٹہل تھم گئی اور وہ موٹر میں بیٹھ کر چل دیے۔

رات کو جب گلی کے نکڑ پر سناٹا چھا گیا تو پچھلے دروازے سے روپ چند کی بیوی دو پروسی ہوئی تھالیاں اوپر نیچے دھرے چوروں کی طرح داخل ہوئیں۔ دونوں بوڑھی عورتیں خاموش ایک دوسرے کے آمنے سامنے بیٹھ گئیں۔ زبانیں بند رہیں پر آنکھیں اب کچھ کہہ سن رہی تھیں۔ دونوں تھالیوں کا کھانا جوں کا توں رکھا تھا۔ عورتیں جب کسی کی غیبت کرتی ہیں تو ان کی زبانیں کترنی کی طرح

چل نکلتی ہیں۔ پر جہاں جذبات نے حملہ کیا اور منھ میں تالے پڑ گئے۔

رات بھر نہ جانے کتنی دیر پریشانیاں اکیلا پاکر شبخون مارتی ہیں۔ نہ جانے راستے ہی میں تو سب نہ ختم ہو جائیں گے۔ آج کل تو اِکا دُکا نہیں پوری پوری ریلیں کٹ رہی ہیں۔ پچاس برس خون سے سینچ کر کھیتی تیار کی اور آج وہ دیس نکالا دے کر نئی زمین کی تلاش میں افتاں و خیزاں چل پڑی تھی۔ کون جانے نئی زمین ان پودوں کو راس آئے کہ نہ آئے۔ کمھلا تو نہ جائیں گے۔ یہ غریب الوطن پودے! چھوٹی بہو کو اللہ رکھے ان گنا مہینہ ہے۔ نہ جانے کس جنگل میں زچہ خانہ بنے۔ گھر بار نوکری، بیوپار سب کچھ چھوڑ کر چل پڑے ہیں۔ نئے وطن میں چیل کوؤں نے کچھ چھوڑا بھی ہو گا۔ یا یہ منہ تکتے ہی لوٹ آئیں گے اور جو لوٹ کر آئیں گے اور جو لوٹ کر آئے تو پھر سے جڑیں پکڑنے کا بھی موقع ملے گا یا نہیں۔ کون جانے یہ بوڑھا ٹھونٹ بہار کے لوٹ آنے تک زندہ بھی رہے گا کہ نہیں۔

گھنٹوں سڑن باولیوں کی طرح دیوار پاکھوں سے لپٹ لپٹ کر نہ جانے کیا بکتی رہیں پھر شل ہو کر پڑ گئیں۔ نیند کہاں؟ ساری رات بوڑھا جسم جوان بیٹیوں کی کٹی پھٹی لاشیں، نو عمر بہوؤں کے برہنہ جلوس اور پوتوں نواسوں کے چیتھڑے اُڑتے دیکھ دیکھ کر تھرّاتا رہا۔ نہ جانے کب غفلت نے حملہ کر دیا۔

کہ ایک دم ایسا معلوم ہوا دروازے پر دنیا بھر کا غدر ڈھے پڑا ہے۔ جان پیاری نہ سہی پر بنا تیل کا دیا بھی بجھتے وقت کانپ تو اٹھتا ہی ہے اور پھر سیدھی سادی موت ہی کیا بے رحم ہوتی ہے جو اوپر سے وہ انسان کا بھوت بن کر آئے۔ سنا ہے بڑھیوں تک کو بال پکڑ کر سڑکوں پر گھسیٹتے ہیں۔ یہاں تک کہ کھال چل

کر ہڈیاں جھلک آتی ہیں اور پھر وہی دنیا کے وہ عذاب نازل ہوتے ہیں جن کے خیال سے دوزخ کے فرشتے بھی زرد پڑجائیں۔

دستک کی گھن گرج بڑھتی جا رہی تھی۔ ملک الموت کو جلدی پڑی تھی نا اور پھر آپ سے آپ ساری چٹخنیاں کھل گئیں۔ بتیاں جل اٹھیں جیسے دور کنوئیں کی تہ سے کسی کی آواز آئی۔ شاید بڑا لڑکا پکار رہا تھا ــــــ نہیں یہ تو چھوٹے اور منجھلے کی آواز تھی۔ دوسری دنیا کے معدوم سے کونے سے۔

تو مل گیا سب کو وطن؟ اتنی جلدی؟ منجھلا اس کے پیچھے چھوٹا۔ صاف تو کھڑے تھے گودوں میں بچوں کو اٹھائے ہوئیں۔ پھر ایک دم سے سارا گھر جی اٹھا ــــــ ساری روحیں جاگ اٹھیں اور دکھیاری ماں کے گرد جمع ہوگئیں چھوٹے بڑے ہاتھ پیار سے چھونے لگے۔ ایک دم سے خشک ہونٹ میں ننھی ننھی کونپلیں پھوٹ نکلیں، دفورِ مسرت سے سارے حواس تر بتر ہوکر تاریکی میں بھنور ڈالتے ڈوب گئے۔

جب آنکھ کھلی تو نبض پر جانی پہچانی انگلیاں رینگ رہی تھیں۔

"ارے بھابی مجھے ویسے ہی بلا لیا کرو چلا آؤں گا۔ یہ ڈھونگ کاہے کو رچاتی ہو۔" روپ چندجی پردے کے پیچھے سے کہہ رہے تھے۔

"اور بھابی آج تو فیس دلوادو، دیکھو تمھارے نالائق لڑکوں کو تو تی جنکشن سے پکڑ کر لایا ہوں۔ بھاگے جا رہے تھے بدمعاش کہیں کے۔ پولس سپرنٹنڈنٹ کا بھی اعتبار نہیں کرتے تھے۔"

پھر بوڑھے ہونٹ میں کونپلیں پھوٹ نکلیں۔ وہ اٹھ کر بیٹھ

گئیں۔ تھوڑی دیر خاموشی رہی۔ پھر دو گرم گرم موتی لڑھک کر روپ چند جی کے جھریوں دار ہاتھ پر گر پڑے۔

سونے کا انڈا

رات کی تاریکی میں ایک باریک سی "ہوُاں ہوُاں" در و دیوار کو سوگوار بناتی۔ رُت جگا منانے والے کتوں کے پُرسوز نالوں میں ڈوب گئی۔ "چہ چہ اللہ ماری پھر لونڈیا —— پڑوسن نے ادوائن پر اپنی ایڑیاں کھجاتے ہوئے کروٹ لی۔

تجربہ کار بی بیاں اڑتی چڑیا کے پر گن لیتی ہیں۔ آواز سن کر ہی پتہ چلا لیا کہ بندو میاں پہ دُگری صادر ہو گئی۔ لڑکی ہوئی تو "ہوُاں ہواں" اور لڑکا ہوتا تو "ہیاں ہیاں"۔ مطلب یہ کہ لڑکی پیدا ہوتی ہے تو کہتی ہے کہ گھر کی دولت ہوُاں (وہاں) چلی یعنی پرائے گھر —— اور جو لڑکا آتا ہے تو اطمینان دلاتا ہے کہ دولت ہیاں (یہاں) لاؤں گا۔ اور یہ سب دولت ہی کا تو دھوم دھام ہے۔

"خدا کی مار پڑے اِن حرامزادیوں پر۔ بگموڑیوں نے بندو میاں کا ہی گھر دیکھ لیا ہے"۔ سہ دری سے پڑوسن کی پڑوسن بولی "اے بجے تو پکی بات تھی

کہ بیٹا ہی ہوگا۔ پیر ہی ایسا پڑتا تھا بندو کی دلھن کا ـــــــ بھئی اللہ کی دین تو نہ ہاتھ دیکھے نہ پاؤں ـــــــ نو مہینے پاپڑ بیلے ـــــــ اب پھر جھاڑو پھری لونڈیا ـــــــ" بڑدسن بڑبڑائی کہ اتنے میں زچگی والے گھر سے سٹر پٹر دوڑنے اور دبی گھٹی ہائے توبہ کی آواز نے بڑدسنوں کو اپنی کھڑی چارپائیاں اور سینوں سے لٹکتے ہوئے بچے چھوڑ کر دیواروں پر چڑھ جانے پر مجبور کر دیا۔

دیوار کے اس پار صفِ ماتم بچھی ہوئی تھی۔ دہلیز پر بندو میاں کی ماں پھسکڑا مارے بیٹھی نکمّی بہو کی سات پشت کو گالیاں دے رہی تھیں "موئی ہیجڑوں کے خاندان کی ـــــــ لونڈیا نہ جنے گی تو اور کیا کرے گی۔"

صحنچی کے سامنے پڑی ہوئی کھاٹ پر بندو میاں سر پکڑے ایسے بیٹھے تھے جانو ڈاکو ان کے گھر میں کوئل پھوڑ کر در آئے ہیں اور ان کی نو مہینے کی جمع پونجی کو آگ لگا کر ایک راکھ کا ڈھیر بنا گئے ہیں۔ یہ تیسرا گھاؤ تھا ان کی جانِ حزیں پر۔ ایک سہا ـــــــ دوسرا سہا ـــــــ پر اس تیسرے چرکے نے تو ان کی کمر دوہری کر دی۔ ایک نہیں تین بیٹیاں ایسی دھنسی ہوئی چھاتی پر تین پہاڑ ـــــــ تین باراتیں ـــــــ تین دولہاؤں کے سو نخرے ـــــــ تین جہیزوں کے تین ہزار طعنے جیسے تین لمبی ناگنیں ان کی گردن کی طرف زبانیں لپلپاتی بڑھی چلی آ رہی ہوں۔ رہ رہ کر ایک دبی ہوئی خواہش پھن اٹھاتی کہ ایک بار جی کڑا کر کے ان تینوں ناگنوں کا گلا

گھونٹ ڈالیں۔

جب پہلی بار یہی سانحہ ہوا تھا تو وہ کچھ کھسیا کر رہ گئے تھے۔ یار لوگوں نے پھبتیاں کسی تھیں سو بھی کڑوی مسکراہٹ میں چھپا گئے تھے۔ دو چار عنایتیں جو بیٹے کی آس پر بیوی کے لئے بطور انعام اکٹھا کر رکھی تھیں وہ گول کر گئے۔ مگر پھر اس مزدور کی طرح جو ایک کنواں کھودے۔ زمین کے کلیجے میں ہاتھ ڈال کر چلو بھر پانی اٹھائے اور وہ کھاری نکل جائے تو کلی کر کے پھر دوسرے کنوئیں کی داغ بیل ڈال دیتا ہے ـــــ انھوں نے بھی نہایت بے صبری سے داغ بیل ڈال دی ـــــ ایک نئے ارمانوں کا نیا بیج بو ڈالا۔

اور یہ نیا بیج اس بار پھر الٹا اگ گیا۔ بہتیرا جھنجھلائے۔ گالیاں، گھونسے، لات، سب ہی کچھ استعمال کیا اور پھر ہمت بھی نہ ہاری۔ اللہ کا بندہ کوشش پر آمادہ ہوگیا کہ اب کے تو جان توڑ کر ایک ایسا بیج بو ڈالے جس کے تناور تنے سے پیٹھ لگا کر زندگی کی بھاگ دوڑ میں ایک گھڑی کو ستا سکے جس کی گھنیری چھاؤں میں ایک بار تھکے ماندے پیر پھیلا سکے۔ آخر دنیا میں کچھ تھوڑا سا سہارا کچھ تھوڑی سی چھاؤں اس کے حصے کی بھی تو تھی مگر نہیں اس کے نصیب میں تو بس کانٹوں بھری جھاڑیاں ہی تھیں۔ ایک نہیں تین تین۔

"ارے اپنے رسول اللہ کی بھی تو بیٹیاں ہی تھیں۔ جنتی ہوتا ہے بیٹیوں کا باپ"۔ لوگوں نے چاہا بندو میاں کے زخموں پر ذرا فردوس بریں کی مقدس ہواؤں کے پھاہے رکھیں۔ شاید کچھ حوران بہشتی کی عنبریں

زلفوں کا خیال مشام جاں کو فرحت بخشے۔ زمرد کے محلوں کی جگمگاہٹ اس کے کچے مکان کی غلاظتوں کو ڈھاک سکے ـــــــ دودھ اور شہد کی نہروں کا تصور شاید اس تلخی کو زائل کر سکے۔ جو بوسیدہ اناج۔ بدبو دار تیل اور باسی ترکاریوں کی عنایت سے حلق میں۔ مخمل و کمخواب کے خواب ان گھسے پھٹے چیتھڑوں میں رفو کر سکے۔ ویسے بھی اللہ پاک اپنے پیارے بندوں کو دنیا میں دکھ پہنچا کر ان کا امتحان لیا کرتا ہے۔ پتہ نہیں۔ اسے اس قسم کی امتحان بازی میں کیا لذت ملتی ہے۔ کاش ان احمقانہ باتوں میں پڑنے کے عوض وہ جی لگا کر خدائی کرتا تو کتنا اچھا ہوتا۔ لیکن نہ جانے کیوں اس کا دل اس پیشے سے اکتا چکا ہے اور اسے بھی کڑے امتحان لینے ـــــــ مصیبت جھلوانے ـــــــ اور اپنے لاڈلے بندوں کو بال سے زیادہ باریک اور تلوار سے زیادہ تیز پل صراط پر نٹ بازی کروانے کا چسکا پڑ گیا ہے۔

مگر بندو میاں اس وقت رات کے تین بجے جبکہ ایک عدو لڑکی ان پر قسمت نے اور داغ دی تھی جنتی بننے کو بالکل تیار نہ تھے۔ حوران بہشتی کی صورت سے انھیں قے آ رہی تھی کیوں کر وہ اس جنس کے ہاتھوں بے طرح ستائے گئے تھے۔ جب ایک کالی دبلی اور بے بس لڑکی ہی ان کے کہے پر نہ چل سکی اور ایک ٹوٹا پھوٹا لونڈا بھی پیدا نہ کر سکی تو بھلا وہ نخریلی حوریں اس کا کلیجہ کیا ٹھنڈا کر سکیں گی۔ دودھ اور شہد کی نہریں ان تین ننھے منے حلقوں کو جو ان کے چاروں طرف منہ پھاڑے گھوم رہے ہیں

بھلا کیا ترک کر سکیں۔ وہ اچھی طرح جان گئے تھے کہ یاقوت اور زمرّد کے محل قطعی ان کے ہاتھ نہ آسکیں گے۔ وہاں بھی یہی دھاندلی ہوگی۔ بڑی بھاری بگڑی ہوگی جو ان کے باپ سے بھی نہ بھری جا سکے گی۔

اور تاریک کوٹھری کے سب سے تاریک کونے میں ملزمہ اپنی سوجی ہوئی آنکھوں سے ان تینوں پہاڑوں کو دیکھ رہی تھیں، انھیں اپنے رحم میں اپنی ممتا کی چھاؤں میں پروان چڑھایا تھا، ان میں اپنی جوانی کا گرم گرم خون نچوڑا تھا ——— تین بار اس نے اپنے تئیں پھاڑ کر ایک نیا انسان جنا تھا تین بار خود کو مٹا کر پھر سے بنایا تھا۔

پر نہ جانے کون سی چوک ہوگئی کہ ہر بار پھل کڑوا ہوگیا ——— ہر بار نوالہ کیچڑ میں گر پڑا ——— اور پھر سیاہ لالٹین کی دھندلی روشنی میں اس نے تین پہاڑوں کو اپنی چھاتی کی طرف پھسلتے دیکھا اور ہچکیوں سے اس کا تھکا ہوا جسم ٹوٹنے لگا۔ کڑوے کڑوے آنسو اس کے زخمی ہونٹوں پر تیزاب کی طرح چبھنے لگے ——— کبھیلن کا درد پیچ و تاب کھا کر اٹھا اور جسم کے دکھوں نے ذہنی دکھوں کو پرے ڈھکیل دیا۔ یہ پیدائش کے بعد کی ٹیسیں دردِ زہ سے کچھ کم نہیں ہوتیں۔

جب درد کا چکر دھیما پڑا تو اسے بے اختیار پہلوٹھی کا پہلا درد یاد آگیا۔ وہ عجیب قسم کا جیتا جاگتا درد جس کی جب کی ننھا منا مہمان تار کے ذریعے سے اطلاع بھیجتا ہے جسے وصول کرتے ہی اس پر خوف و مسرت کے وہ عجیب و غریب جذبات طاری ہوگئے تھے، جن کی کوئی تشریح نہیں۔

جن کو کسی دکھ کسی سکھ یا کسی دوسرے احساس سے تشبیہ نہیں دی جا سکتی جو صرف ایک ماں کی سزا ——— ماں کا انعام اور ایک ماں کی دولت ہے۔

مگر وہ بڑی نادان نکلیں۔ پہلے ہی درد پر بیٹے کو گود میں لینے لپکی ——— چشم زدن میں اسے چھاتی سے لگا بھی لیا ——— گھر شادیانوں سے گونج اٹھا۔ شہدوں نے محلہ سر پر اٹھا لیا۔ مہترانیاں لہک لہک کر گانے لگیں۔ اور وہ دلھن بن کر سنجنے سے دولھا کو گود میں سنبھالے صحن میں تارے دیکھنے لگی اور دیکھتے ہی دیکھتے آنگن میں جھنڈولا چھم چھم کھیلنے لگا۔ دادی دادا کے بوڑھے دل جاگ اٹھے ——— تو وہ چوڑی چھاتی کا جوان اکھاڑے میں کود پڑا ——— مسیں بھیگیں ——— مونچھوں کا کونڈا ہوا ——— اے لو دیوانہ پن تو دیکھو مسلمانیاں بھول ہی گئیں ——— توبہ۔

اگر درد کا منہ زور حملہ یکایک نہ ہو جاتا تو وہ پہلے اس مقدس فرض سے سبکدوش ہو جاتی۔ خیر جب لہریں ساحل سے دور ہٹیں تو اللہ رکھے سب کام کاج پورے ہو چکے تھے۔ اور اب کماؤ پوت روپوں کی تھیلی جھنکارتا دہلیز نانگھ رہا تھا۔ کھن کھن کرتے گول گول چاندی کے ٹکڑے سارے گھر میں ٹھنکنے لگے۔ دو چار بھدک کر بوڑھی دادی کی جھولی میں بھی جا پڑے۔ دو چار اچک کر دادا کی داڑھی میں بھی ستاروں کی طرح ٹمٹمانے لگے۔ واہ یہ خوب دکھ بھریں بی فاختہ اور کوے انڈے کھائیں۔ ماں کا حق پہلے ——— دردوں کا معاوضہ پہلے ——— گوشت پوست کی قیمت پہلے اور وہ لمبے لمبے ہاتھ مار کر کمیٹی کاٹتی ہی رہتی کہ دردوں نے تو چل میں آیا شروع کر دیا۔

گنتی کی چند سانسوں کے درمیان اس نے سوچا کہ کماؤ پوت کے لئے بہو بیاہ کر لائے یا نہیں؟ کیونکہ بہو آگئی تو ڈال ادھر ہی جھکنے لگے گی پھل ادھر ہی زیادہ ٹپکیں گے۔ اس سے پہلے کہ وہ بہو لانے کا فیصلہ کرتی ——— اڑا اڑ دھم ——— بیٹی آگئی۔ کھن کھن کرتے سارے روپہلی ستارے چوہے بن کر بلوں میں گھس گئے۔ روپوں کی تھیلی لوٹ پوٹ کر خالی ٹھیکرا بن گئی۔

دادا کی سفید داڑھی پر اوس پڑ گئی اور دادی کے ارمانوں کا شیرازہ ہوا میں اڑ گیا۔ دائی مائی موٹی موٹی گالیاں عورت ذات کے جنم پر تھوکنے لگی اس کا بس چلتا تو وہ ایک سرے سے عورت کی پیدائش کا گلا ہی گھونٹ دیتی اس کا بیج ہی دنیا سے مٹا دیتی۔ اللہ ماری رات کے تین بجے اور پھر خاک پڑی اور نصیبوں جلی لونڈیا ——— اور پھر نصیبوں جلی لونڈیا ——— اور پھر نصیبوں جلی لونڈیا۔

پھر نہ جانے ایک دم سے اس کے جی میں نہ جانے کیوں ایک طوفان سا اٹھ کھڑا ہوا۔ کیسلین کا درد غم و غصے کے بہاؤ میں بہہ گیا۔ غرور سے اس نے تکئے پر سرک کر سر اونچا کر لیا۔ اس نے کوئی گناہ نہیں کیا ——— وہ بانجھ نہیں، بنجر نہیں۔ پھر یہ اداسی کیوں۔ اس نے کس کی جاگیر چھین لی۔ کس کی دولت چھین لی ——— جس کا اسے یہ خمیازہ بھگتنا پڑ رہا ہے گائے بیاتی ہے تو کوئی نہیں پوچھتا، بیٹی ہے کہ بیٹا۔ سب دودھ دوہنے لگتے ہیں۔ مرغی انڈا دیتی ہے تو اسے پیار سے دانہ ڈالتے ہیں۔ پر جب عورت

حاملہ ہوتی ہے تو لوگ اس سے سونے کا انڈا دینے کی کیوں فرمائش کرتے ہیں؟ اور اگر وہ سونے کا انڈا نہ دے سکے تو ـــــــ تو گھر میں موت ہو جاتی ہے۔ امیدوں، آرزوؤں کے جنازے اٹھنے لگتے ہیں اور دنیا غریب ہو جاتی ہے۔

پھر اسے اپنے تینوں گندے بے مصرف انڈوں کا خیال ستانے لگا۔ بے اختیار جی بھر آیا اور آنکھوں میں دھواں اٹھنے لگا۔ جی چاہا کہ اپنے تینوں کلیجے کے ٹکڑوں کو اٹھا کر اس گھر سے، اس گلی سے ـــــــ اس شہر سے بلکہ اس دنیا سے بھاگ جائے۔ وہاں، جہاں اس کے جگر گوشے دولت کی ترازو میں نہ تولے جائیں جہاں سب سونے کے انڈے ہوں ـــــــ کوئی گندے انڈے کی خندق میں نہ ڈالا جائے۔ جہاں اس کی ننھی گڑیاں جائز داشتاؤں کی خدمت انجام دینے کے بدلے عورت، ماں بیٹی اور بیوی کا رتبہ حاصل کر سکیں۔ جہاں عورت کی تخلیق عذابِ جان نہ ہو۔ جہاں لڑکیوں کی برائتیں بھوت بن کر ماں باپ کے سینوں پر نہ چڑھتی ہوں، جہاں بیٹیوں کا جہیز ماں باپ کی کھال نہ اتار لے۔ جہاں اولاد سے والدین محبت کریں۔ اولاد سمجھ کر نہ جاگیر سمجھ کر نہیں۔

اس کا جی چاہا لپک کر اٹھ بیٹھے اور باہر جا کر سوگ منانے والے میاں کا منہ نوچ ڈالے اور اسے جھنجھوڑ کر کہے "تمھیں غم ہے۔ صدمہ ہے کہ میں نے تمھارے بیج سے کٹیلا جھاڑ اُگا یا۔ مگر غور سے دیکھو۔ کیا یہ تمھاری ہڈی نہیں۔ تم ڈر رہے ہو کہ تمھیں اس کی سچائی تو کرنا پڑے گی مگر پھل نہ

ملیں گے۔ آج اگر بیٹا بیٹی کے بدلے سونے کے توڑے جن دیتی تو تم یوں منہ پھلا کر کبھی نہ بیٹھتے۔

مگر اتنے میں اس نے دیکھا کہ ایک بھیانک سایہ اس کے پلنگ کی طرف بڑھ رہا ہے۔ خوف سے اس کی رگیں کھنچنے لگیں۔ آواز گلے میں گھٹ کر رہ گئی۔ مگر اس سے پہلے کہ وہ کچھ کرتی، بندو میاں نوزائیدہ بچی پر جھک گئے۔

"شوکت۔ حشمت ـــــ اور اس کا نام ـــــ رحمت"

کیوں ٹھیک ہے نا؟" انھوں نے بچی کے پھول سے نرم رخسار کو انگلی سے چھوا اور مسکرانے لگے۔ آج نہ ان کے چہرے پر کھسیانا پن تھا اور نہ آنکھوں میں ملامت۔ نہ ان کے انداز میں از سرِ نو پیغام تھا نہ چھوٹی امیدوں کے غیر مطمئن سایے۔ جیسے وہ بہت کچھ سوچ سمجھ کر کسی بڑے دشمن سے جیت کر آئے ہیں۔

روہانسی ماں نے غرور سے شوکت حشمت اور رحمت کو دیکھا دنیا کی ماؤں کو دیکھا ـــــ ان پہاڑوں کو دیکھا جن کے دامن میں زندگی کی ہریالیاں انگڑائی لیتی ہیں۔ جن کے آنچلوں میں مہر و الفت کے پھول کھلتے ہیں۔ جن کے سینوں سے امرت ٹپکتا ہے۔ جن کی گودوں میں علم و حکمت ہمکتا ہے ـــــ فلسفہ آغوش بھرتا ہے اور فنونِ لطیفہ کلکاریاں مارتے ہیں۔ جہاں بسورتی زندگی چمکاری جاتی ہے اور سوئی انسانیت جگائی جاتی ہے ـــــ اُچاٹ

نیندیں منائی جاتی ہیں۔ روتی آنکھیں ہنسائی جاتی ہیں اور بکھرے موتی سمیٹے جاتے ہیں ——— دنیا بنتی بگڑتی ہے ——— یہاں انسان ڈھلتے ہیں۔

یہ بچے

ایک زمانہ تھا جب میرا خیال تھا کہ دنیا میں بچے کے سب سے بڑے دشمن اس کے ماں باپ اور بھائی بند ہوتے ہیں۔ وہ اس کے دل کی بات سمجھنے کی کوشش نہیں کرتے۔ بیجا زبردستیوں سے اس کی ابھرتی ہوئی طاقتوں کو کچل دیتے ہیں۔ یہی وجہ ہے کہ جب بڑے ہوجاتے ہیں تو بجائے مکمل انسان بننے کے چور، ڈاکو اور اچکے بن جاتے ہیں۔ جبھی تو ہمارا دیش ترقی نہیں کرپاتا۔

لیکن خود ماں بننے کے بعد میرے خیالات نے ایک دم سے پلٹا کھایا اور یقین ہوگیا کہ آج کل کے بچے ہی کچھ ضرورت سے زیادہ ہٹیلے، بے چین اور منہ زور پیدا ہورہے ہیں۔ ان کی تعمیر میں ہی کوئی خرابی پیدا ہوجاتی ہے جو انھیں جنگلی بنا دیتی ہے۔ اگر سلیقے سے بچے پیدا کیے جائیں تو ہمارے دیش کے دلدر دور ہوجائیں گے۔

اسی سلسلے میں میں نے سائیکالوجی سے مدد لینی چاہی، او رجی بھر کر تحلیل نفسی کروائی مگر بیکار کیونکہ مجھے جلد ہی معلوم ہوگیا کہ یہ جس پگڈنڈی پر میں بھٹک کر چلی آئی

ہوں "یہ کچھ بھی نہیں" کی دنیا کے بیچوں بیچ ختم ہوجاتی ہے، میرے دونوں خیال غلط تھے، نہ ماؤں کا قصور ہے نہ بیچارے بچوں کا۔ قصور سارا ہے اس طریقہ زندگی کا جو ایک مخصوص نظام نے ہماری جانوں پر لاگو کر رکھا ہے جس نے ماں اور بچے کا رشتہ بھی توڑ مروڑ کر ایک کاروباری شے بنا دیا ہے۔ اول تو بچے کے خیال ہی سے ایک ماں لرز اٹھتی ہے۔ جسمانی کوفت کے ڈر سے نہیں، اس ڈر سے کہ گھر میں ایک اور کھلانے والا منہ بڑھا۔ ایک اور جسم ڈھکنے کی فکر بڑھی۔ پھر اگر لڑکا ہے تو خیر خدا نہ کرے لڑکی ہے تو ایک اور تاوان بھگتنے کو تیار ہوجائیے اس کی شادی بیاہ کی فکر۔

لوگ کہتے ہیں کہ ادیبوں کو ادب سے سروکار رکھنا چاہیے اور خواہ مخواہ سرکار سے نہ الجھنا چاہیے تو بھئی یہاں کسے سرکار سے دست وگریباں ہونے کا شوق ہے۔ اب اس میں ہمارا کیا قصور کہ زندگی کے ہر موڑ پر سرکار سے مڈبھیڑ ہو جاتی ہے۔ کتنا ہی دل کو سمجھائیں، اب یقین نہیں آتا کہ ہماری مصیبتوں کے بڑھانے میں دیوی دیوتا یا تقدیر کا ہاتھ ہے۔ ہم اب پہچان چکے ہیں کہ کس کا ہاتھ ہے جس نے اپنے بھیانک شکنجہ میں ہماری زندگی کی ضروریات کو دبوچ رکھا ہے وہ منافع خوروں .... چور بازاریوں کا ہاتھ جو ہماری سرکار کی لگامیں تھامے ہے اور جس کے اشاروں پر ہمارے ادبر یل مست حملے کرتا ہے اور ہم یہ سب کچھ اس لئے سمجھ گئے ہیں کہ ہمارے سامنے روس کی شاندار مثال ہے۔ جہاں کا نظام مزدوروں اور کسانوں کا ہے جو انھوں نے برسوں کی محنتوں اور قربانیوں کے بعد خود اپنے لئے تعمیر کیا ہے۔ روس میں بچہ جنجال نہیں۔ ملک کا ایک طاقتور بازو ہے

ملک کی دولت ہے، جہاں پیدائش سے پہلے ہی ماں کی تخلیقی عظمتوں کو مرحبا کہکر آنے والے مہمان کی آؤ بھگت شروع ہوجاتی ہے۔ اس سے بار برداری کے کام نہیں لیے جاتے بلکہ اس کی صحت کو اور بڑھانے کے لیے ہلکے ہلکے دلچسپ کام لیے جاتے ہیں۔ اس کے لیے باقاعدہ خاص خوراک کا راشن مقرر ہوجاتا ہے۔ جب زمانہ قریب ہوجاتا ہے تو اسے ایک اچھے زچہ خانے میں بھیج دیا جاتا ہے جہاں وہ بڑے سکون اور آرام سے جنم دیتی ہے۔ غلام ملکوں میں زچائیں فوراً ہی محنت مزدوری پر مجبور ہوجاتی ہیں۔ جس کی وجہ سے اپنی رہی سہی طاقت کھو بیٹھتی ہیں۔

مگر روس میں جب تک زچہ کو ڈاکٹر اس قابل نہیں سمجھتے نرسنگ ہوم میں ہی رہتی ہیں۔ جب مکمل طور پر چاق و چوبند ہوجاتی ہیں تب وہ کام پر لوٹتی ہے یہاں وہ بچہ کو کمر پر لاد کر نہیں لاتی جیسے ہماری محنت کش عورتوں کو کرنا پڑتا ہے کہ دودھ پیتے بچے کو سڑک کے کنارے ریت ...... دھول میں ڈال کر خود کام پر جٹ جاتی ہیں۔ روس کے سنہرے دیش میں بچوں کے گھر ہیں جہاں محبت کرنے والی نرسیں اور مشاق ڈاکٹر ان کی دیکھ بھال کرتے ہیں۔ دن بھر بچے وہاں بڑے آرام سے رہتے ہیں، شام کو مائیں انھیں اپنے گھر لے آتی ہیں۔ ہمارے یہاں دوسرے تیسرے بچے کے آنے کی خبر سے ہی ماں باپ کے ہوش اُڑ جاتے ہیں پہلے تو محلہ ٹولے ہی کی فن کارروائیاں اس کو الٹی میٹم دینے کی کوشش کرتی ہیں جس کی وجہ سے ملک میں ہزاروں عورتیں موت کے گھاٹ اتر جاتی ہیں، یا سدا کی روگی بن جاتی ہیں۔ مگر روس میں زرخیز ہونے کو جرم یا گناہ نہیں سمجھا جاتا، بلکہ جیسے اچھے پھل پھول پیدا کرنے پر کاشتکار کی شہرت ہوتی ہے۔ اسی طرح زیادہ بچوں

والی ماں کو تمغہ یا انعام ملتے ہیں۔ وہاں یہ سارے بچے ماں کی چھاتی پر مونگ دلنے کو پلے نہیں رہتے نہ محلے ٹولے کا ناطقہ بند کرنے کو اچکوں کے گروہ مضبوط کرتے ہیں بلکہ ان کے لئے بھی گھر ہوتے ہیں۔ جہاں ان کی تعلیم و تربیت کا پورا خیال رکھا جاتا ہے۔ یوں تو امریکہ اور انگلستان میں بھی ایسے بورڈنگ موجود ہیں جہاں بچوں کو رکھا جاتا ہے۔ مگر ہم دیکھتے ہیں کہ ان ملکوں کے بچے چھوٹی سی عمر میں ہی نہایت گندی عادتوں کے شکار ہو جاتے ہیں۔ امریکہ کے مفکر بڑی فکر میں ہیں کہ یہ بچے اتنے گمراہ کیوں پیدا ہو رہے ہیں اور وہ بیٹھ بیٹھ کر نفسیاتی توجیہیں ڈھونڈھ رہے ہیں حالانکہ بات سیدھی سادی ہے۔ امریکہ کے بچے وہاں کے سامراجی نظام کی پیداوار ہیں۔ جو والدین تجارتی منڈیوں اور سیاسی اسٹیج پر کر رہے ہیں، بچے وہی اسکولوں اور کالجوں میں کر رہے ہیں، وہی لوٹ مار، وہی منہ زوری اور غنڈہ گردی ــــ آج وہ غنڈوں کے سردار ہیں۔ کل انھیں فرموں اور ملوں کا مالک بن کر اسی کھیل کو حقیقت بنانا ہے، وہی رنگ و نسل کی تفریق، ایٹم بم کی دھمکیاں ان کھیلوں میں رچی نظر آتی ہیں۔ ان ملکوں کو تو فخر کرنا چاہیئے کہ ان کی آئندہ نسلیں اتنی اتنی ہونہار پیدا ہو رہی ہیں تو پھر یہ حیرت اور تاسف کیسا؟ اس فضا میں پلنے والے بچوں پر کوئی تعلیم کوئی تربیت اثر نہ ڈال سکے گی۔ سب سے بڑی تربیت عمل ہے اور روس کی گورنمنٹ کا عمل وہاں کے عوام میں جھلکتا ہے۔ ہر روسی بچہ اس عمل کا عکس لے کر زندگی میں قدم رکھتا ہے۔ اسکے علاوہ بچوں کے لئے وہاں علیحدہ سینما گھر تھیئٹر اور لائبریریاں ہیں۔ جہاں انھیں کھیل ہی کھیل میں محنت کش اور مفید انسان بننے کی تعلیم دی جاتی ہے۔ طبیعت کے رجحان کو دیکھ کر اسکا آئندہ فرض زندگی مقرر کیا

جاتا ہے۔ وہاں انھیں بتایا جاتا ہے کہ ایک محنت کش ایک فنکار وہ خواہ کسی ملک اور کسی رنگ اور نسل کا ہو ساری دنیا کی دولت ہے۔ اور اس کی اپنی دولت ہے اور اپنے ملک کے لئے دولت خرید کر نہیں خود اپنے قوت و بازو سے پیدا کی جاتی ہے۔ بچوں کو ملوں میں بھاری کام نہیں دیے جاتے تاکہ ان کی بڑھوار نہ ماری جائے۔

وہ مائیں جن کے بچے دن رات ان گھروں میں رہتے ہیں، اپنے کام سے لوٹ کر وہاں جاتی ہیں اور وہاں اپنے ہی نہیں ہزاروں اور بچوں کو کلیجے سے لگا کر ممتا ٹھنڈی کر سکتی ہیں۔ روس کے دشمن کہتے ہیں کہ اجتماعی زندگی نے گھریلو زندگی کو فنا کر دیا ہے" ان احمقوں کو کون سمجھائے کہ روس میں ایک بانجھ کو بھی بچے گود لینے کی ضرورت نہیں، ملک کے سارے بچے ہی اس کے بچے ہیں، سارا ملک ہی ایک خاندان ہے جہاں نہ بچوں کی کمی ہو سکتی ہے نہ ماں باپ کی۔

مگر ہمارے ملک میں ہماری سرکار کی رائے ہے کہ شکر کے دانے گن گن کر مائیں بچوں کو جنم دیں، نہ ضرورت سے زیادہ بچے پیدا ہونگے نہ شکر کی کمی پڑے گی۔ کیونکہ اب یہ ڈر ہو گیا ہے کہ کمیونسٹ ماں کے پیٹ ہی میں بچے کے کان میں سرکار کے خلاف بھڑکانے والی باتیں پھونک دیتے ہیں۔ جبھی تو آج کل کے بچے جنم سے شکر دودھ کے لئے منہ پھاڑے پیدا ہوتے ہیں۔

اسی لئے ہماری مہربان سرکار نے "اناج اگاؤ" کی اسکیم سے زیادہ زور شور سے "بچہ نہ اگاؤ" کی اسکیم چالو کرنے کی ٹھان لی ہے۔ ایسے ملک میں اگر کوئی ڈھیٹ بچہ آن ہی ٹپکتا ہے تو وہ ایک مصیبت سمجھا جاتا ہے۔ لوگ کہتے ہیں

بچے آنکھ کا نور دل کا سرور ہوتے ہیں۔ ہوتے ہونگے، مگر ہماری آنکھیں تو آنکھوں کے اس نور کو ناکافی اور غلط خوراک کی وجہ سے بجھتے دیے کی طرح کا نیتا دیکھتی ہیں جس بچے کو دیکھیے دنیا بھر کے روگ جان کو چمٹے نظر آتے ہیں۔ خون کی کمی کی شکایت تو عام ہوتی ہے جسکی وجہ سے آئے دن بیماریوں کا شکار ہوتے رہتے ہیں۔ اسپتالوں میں ننھے ننھے مرجھائے ہوئے پھول ہزاروں کی تعداد میں کیوں کھڑے رہتے ہیں؟ سڑکوں پر لاکھوں معصوم ہاتھ ہماری طرف بھیک کے لیۓ پھیلے نظر آتے ہیں، اور ہمارا ضمیر اس طمانچہ سے تلملا کر رہ جاتا ہے۔ جس عمر میں روس کے بچے کھیل کود کر صحت بناتے ہیں۔ ہمارے بچے روزی کی فکر میں پریشان فٹ پاتھ پر پاٹیہ لیۓ بیٹھنے میں گزار دیتے ہیں، روس میں چودہ پندرہ برس کی لڑکیاں یونیورسٹی کی ڈگری کی تیاری کرتی ہیں۔ ہمارے ملک کی اس عمر کی زیادہ تر لڑکیاں فلمی گیت گنگنا کر ساجن کو پکارنے میں گزار دیتی ہیں۔

روس میں ہر بچے کو مفت تعلیم دیجاتی ہے بلکہ جبریہ تعلیم دیجاتی ہے اور ہمارے ملک کے طالب علم الٹی جبریہ تعلیم حاصل کرنا چاہتے ہیں تو ان پر لاٹھی چارج ہوتے ہیں، گولیاں چلتی ہیں اور انھیں سزائیں دیجاتی ہیں، اسکول میں داخل ہی نہیں کیا جاتا۔ اب تو نام نہاد تعلیم کے دروازے بھی بند ہوتے جا رہے ہیں۔ ہماری گورنمنٹ علم کو حماقت سمجھ کر فیس بڑھاتی جا رہی ہے۔ ظاہر ہے جہاں پیٹ کی آگ بجھانے ہی سے فرصت نہیں ملتی وہاں تعلیم کے لیۓ خرچہ کہاں سے آئے؟ دوسرے ہمارے نیتاؤں کا خیال ہے کہ تعلیم حاصل کرنے کے بعد لوگ محنت سے جی چرانے لگتے ہیں مگر ہم جانتے ہیں کہ ہمارے نیتا تعلیم سے کیوں ڈرتے ہیں کیونکہ

وہ جانتے ہیں کہ باشعور انسان کا خون آسانی سے نہیں چوسا جا سکتا۔ پڑھ لکھ کر وہ اگر امریکی بلاک کی تعلیم کے دائرے تک محدود رہے تب تو خیریت ہے مگر مشکل یہ ہے کہ وہ روس کی تعلیم پر بھی نظر ڈالنے لگتے ہیں جو اسے مشین میں پسنے، ہلوں میں جتنے جانے اور کارخانوں میں ناکافی معاوضے پر جٹے رہنے کے خلاف بغاوت پر ابھارتی ہے۔ ہندوستان کی مائیں جب روسی بچوں کی طرف دیکھتی ہیں تو وہ اپنے لعلوں کے لئے بھی وہی سہولتیں مانگنے لگتی ہیں جو انھیں میسّر نہیں۔

جبھی تو حکومت کے دشمنوں کے کیمپ میں جا شامل ہوتی ہیں۔ مگر ہماری مامتا محدود نہیں۔ ہمیں روس کے بچوں سے پیار ہے، وہاں کی خوش نصیب ماؤں سے پیار ہے، وہ خواہ کسی ملک رنگ اور نسل کے بچے ہوں۔ دنیا کے بچے دنیا کی ماؤں کے بچے ہیں۔ وہ ہمارے بچے ہیں۔ ان پر یہ منڈلاتے ہوئے گدھ چھاپہ نہ مار پائیں گے۔ ہم دنیا کے بچوں کے لئے، انسانیت کے مستقبل کے لئے ہر کردہ طاقت سے مقابلہ کریں گے۔ ہم نے جو کچھ اپنی زندگی میں کھویا اپنے بچوں کی زندگی میں پانے کی کوشش کریں گے۔ ہم ان کے لئے ان کا مستقبل پرامن اور روشن بنانے کیلئے اپنی جان کی بازی بھی لگا دیں گے۔

مبارک ہے وہ ملک جہاں بچہ سچے معنوں میں آنکھوں کا نور اور دل کا سرور ہے۔ مبارک ہے وہ ملک جو انسانیت کا محافظ ہے۔ جہاں عورت ماں بن کر پچھتاتی نہیں بلکہ نسوانیت کو چار چاند لگاتی ہے اور فخر کے ساتھ اپنی کوکھ کی دولت کو پھلتا پھولتا دیکھتی ہے۔

آج روس کی مبیسویں سالگرہ کے موقع پر ہم عہد کرتے ہیں کہ روس کے عزائم کو مشعل راہ بنا کر ہم اپنے بچوں کا مستقبل بھی اتنا ہی روشن اتنا ہی شاندار بنائیں گے جیسا روسی بچوں کا ہے۔ ہماری یہ جنگ ہمارے بچوں کی خاطر ہے ان کی حفاظت کے لئے ہم تمام فاشسٹ طاقتوں سے لڑیں گے۔

لال چیونٹے

مجھے اچھی طرح یاد ہے۔

اور اب بھی جب خزاں کے اختتام پر بور جھڑ کر پیڑوں پر سبز قمقمے ٹمٹمانے لگتے ہیں، دوپہریں سنسان اور اونگھتی ہوئی ہوجاتی ہیں اور وقت کاٹے نہیں کٹتا تو پھر سے وہ بھولی بسری یادیں تازہ ہو کر دماغ میں چٹکیاں لینے لگتی ہیں۔

ایسی ہی ایک اجڑی ہوئی دوپہر کو جب لو کے جھکڑ آتشیں بھوتوں کی طرح فضا میں ناچ رہے تھے اور سڑکیں بیوہ کی مانگ کی طرح اجڑی اور خاک آلود ہو رہی تھیں۔ باسلیقہ انسان خس کی ٹٹیوں کی آڑ میں دبکے بیٹھے تھے۔ میں چپل پائی تنی آم کے درختوں کے نیچے سر اٹھائے اس تاک میں گھوم رہی تھی کہ کوئی سیدھا سادا درخت ہاتھ پڑ جائے تو یہ دوپہر اتنی غمگین اور روکھی نہ رہے۔ میری بادیہ پیمائی بے کار نہ گئی اور آن کی آن

میں دوپٹہ اُتار، میں جھاڑ جھنکار، ٹہنیوں میں ہرے ہرے ننھے تلاش کرنے لگی۔ جھولی بھرنے سے پہلے ہی جی بھر آیا اور میں نے ایک پیاری سی کیری کو........

اس سے قبل کہ میرے بھوکے دانت سبز چادر کو چاک کر کے مدہوش کن سفیدی تک پہنچتے ایسا معلوم ہوا کہ سارے جسم پر بجلی کے ننگے تار لپٹ گئے۔ میں مفلوج سی ہو کر نیچے پھسلی اور دوسرے لمحے گھر والوں نے مجھے مرغِ بسمل کی طرح زمین پر تڑپتے ہوئے پایا۔

لال چیونٹے!

جب ذرا بدحواسی کم ہوئی تو میں نے دیکھا کہ جسم پر لال لال چیتے پڑ گئے تھے۔ ہر چیتے کے بیچوں بیچ ایک بھیانک چیونٹے کا لال لال سر یاقوت کی بوند کی طرح سیفٹی پن سے ٹکا ہوا تھا۔ اس ہائے توبہ میں دھڑ تو جھڑ گئے مگر توبہ کیجیے کھوپڑیاں اسی ڈھٹائی سے دانت گاڑے ہوئے تھیں۔ معلوم ہوتا تھا چنگاریوں کی چادر جسم پر چپک گئی ہے۔

یہ بتانا بے کار ہے کہ اس کے بعد کتنے دن مرہم پٹی، پیپ خون چھپاتے ہوئے مرہموں سے دست و گریباں رہنا پڑا۔ کچے آموں سے الگ ہاتھ دھونا پڑا۔

یہی وجہ ہے کہ آج بھی جبکہ بڑے بڑے معرکے سر کر ڈالے ہیں، زندگی کے انجن نے جی بھر کر بھُرتا بنا دیا ہے وہ دہکتی ہوئی دوپہر دل و دماغ پر اپنی مکمل عفریتیت کے ساتھ کھدی ہوئی ہے۔ اور اسی یاد کا واسطہ دیکر

ناظرین سے التجا ہے کہ خواہ آپ کی دوپہریں کتنی بھی اداس اور سنسان ہو جائیں للہ بھول کر بھی ایسی جگہ قدم نہ رکھیے گا جہاں یہ خونی درندے اپنا خیمہ گاڑ چکے ہوں .... اوہ! آپ بھی مسکرا رہے ہوں گے کہ میں کتنی احمق ہوں، ماشاءاللہ آپ بھی کوئی ننھے ہیں جو جلتی دوپہروں میں آموں کی تلاش میں لال چیونٹوں سے الجھنے جائیں گے۔ تو عرض ہے کہ یہ دنیا بالکل گول مول ہے۔ قدم بڑھاتے وقت بعض وقت داؤں پیچ میں اپنا ہی پیر کھل جاتا ہے۔ یہاں ہر قدم پھونک پھونک کر دھرنا چاہیے کون جانے یہ لال چیونٹے آپ کی آستین ہی میں سانپ بنے بیٹھے ہوں اور کیا؟ کون جانے؟ کم از کم میں تو نہیں جانتی تھی جبھی تو ایک اداس دوپہر کو پھر سے مجھے تنہائی اور بے کاری نے اکسایا اور میں بیتے ہوئے واقعہ کی یاد بھول کر دوبارہ لال چیونٹوں سے ٹکرا گئی۔ بات یوں ہوئی کہ ایک تھکی ہوئی سی شام کو جب تمام باسلیقہ انسان۔ سی۔ سی۔ آئی اور ریس کورس میں تہذیب اور انسانیت کا بے نظیر وظیفہ دہرا رہے تھے میں بھٹکی ہوئی پچھل پائی کی طرح سر جھکائے اس تاک میں گھوم رہی تھی کہ کوئی سیدھا سادا مشغلہ ہاتھ آجائے تو یہ شام اتنی نیم مردہ اور پریشان کن نہ رہے۔ ٹیکسی کا میٹر چڑھ رہا تھا۔ اور اس کے ساتھ ساتھ میرے غصے کا پارہ بھی اونچا ہوتا جا رہا تھا۔ ہر سینما ہال کے آگے ڈرائیور نے اشتہار دیکھ کر اور بھی جی کھٹن گیا۔ وہ اشوک کمار کی چٹخنی جیسی ٹھوڑی، مہتاب کے ابلتے ہوئے ہونٹ، سورن لتا کا دق زدہ ڈھانچہ۔ دینا کا پہلوانی بازو۔ توبہ۔ میری ایسی کون خطا ہو گئی جس کے

جرم میں یوں عذاب دوزخ سے ڈرایا جا رہا ہے۔

"ٹیکسی موڑو" میں نے جھلا کر ڈرائیور کو ڈانٹا۔ کونے پر موٹر لوٹتے بچ کر رُک گئی۔ سامنے ایک عجیب الخلقت اشتہار لگا تھا۔

"امر ہندستان ...... اکسلسیر ...... عوامی تھیئیٹر"

ان تین چیزوں نے بوکھلا کر رکھ دیا۔ یہ بھلا امر ہندستان کون شے ہے؟ ضرور کوئی بھوتوں کا قصہ ہوگا۔ جی مجھے بھوتوں کے قصے بہت پسند ہیں پتہ نہیں کیوں! ضرور کسی ممی کے افسانۂ عشق کا جھگڑا ہوگا ورنہ حضرت ہندستان کو تو رحلت فرمائے کافی عرصہ ہوگیا اور اب تو سڑ گل کر دوسرے ملکوں میں بطور کھاد کے استعمال کیا جاتا ہے۔ کہتے ہیں ہندستان تو بیشک بنجر ملک ہے مگر اس کی کھاد بڑی زرخیز ثابت ہو رہی ہے۔ میں زیادہ حیل و حجت کی قائل نہیں۔ حکمائے اعظم کے اس بیان پر کہ ہندوستان مر چکا میں نے کبھی کا فاتحہ پڑھ ڈالا ہے۔ جب مر ہی گیا تو پھر واویلا سے کیا فائدہ۔ لاش پیٹنے سے کیا حاصل۔ مرحوم کی روح کو اور عذاب ہوگا۔ بہتر تو یہی ہے کہ اس سڑاندی لاش کو جھٹ پٹ دفن کر کے دھوم دھام کا تیجہ کیا جائے اور دوسرے زندہ ملکوں کی طرف منہ اٹھا کر دل کو ڈھارس دے لی جائے۔ بھئی ہم نے تو اپنی سی سب کر دیکھی۔ دیکھئے نا۔ کمبخت ملک کی خاطر کیا کیا دکھ نہیں سہے۔ گو دیسے خود میں نے تو نہیں مگر ہاں میرے پیارے ملک کے احمق جاں نثاروں نے کیا کچھ نہ بھگتا اور بھی کیا میں بذات خود بھگتتی تبھی کچھ ہوتا۔ ایسے کیا مجھ میں سرخاب کے پر لگے تھے کہ میری قربانی

سے پھٹاک سے ملک آزاد ہو جاتا۔ ارے بھئی اس ڈھیٹ ملک کو آزاد ہونا ہوتا تو کسی نہ کسی طرح ہو ہی جاتا۔ اب کیا ضروری تھا کہ سب کے سب لپیٹ میں آجاتے اور کیا۔ سچی بات تو یہ ہے کہ بھئی کچھ اُمید ہو تو کوئی کچھ کرے بھی۔ ہاں نہیں تو ویسے اوٹ پٹانگ کی قربانیاں کر بیٹھو۔ جیل سے بچے تو عمر جیل یعنی سرکاری نوکریاں ایک سرے سے نصیب سے نمائب۔ بھئی نہ تو میں ایسی حماقتوں کی طرفدار اور نہ ہی قائل۔ اور کیا؟

ہاں تو میں نے کہا کیا ہرج ہے آج "امر ہندستان" کا ڈھکوسلہ ہی چلے۔ ارے ایسا بھی کیا ڈرنا۔ کوئی بھوت تھوڑا ہی لپٹ جائے گا۔ دوسرے اکسلسیرس یعنی دیسی تھرڈ اور ایک دم تاج میں! کیا کچھ نہ معجونِ مرکب ہوگی مگر لفظ "عوامی" سے ذرا جی کھٹکا۔ کیا کہے گا ٹیکسی والا کہ نیم صاحب دیکھنے میں تو خاصی ہیں پر ہیں ذرا نچلے طبقے کی۔ خیر جی کڑا کر کے کہہ ہی دیا۔

دروازے پر سے ہی جی بیٹھنے لگا۔ قدم رکھتے ہی سامنے دو چار نچے کھچے گنجے حلیے کے ہیولیٰ منڈلاتے نظر آئے۔ دو تین بھپوہڑ قسم کی لڑکیاں) پروگرام بیچ رہی تھیں۔ ڈمینتی کو تو میں صاف پہچان گئی۔ پرلے درجے کی پگلی۔ ماشاءاللہ پوری آستین کا کرتہ گرمی کے زمانے میں دانتوں سے نوچ کر نیم آستین بنا لیا جاتا ہے۔ کنارے ترپنے کی توفیق نہیں اور چلی ہیں پروگرام بیچنے۔ اسے ایسا ہی تھا تو پوپٹ والا کی لڑکیوں کو بُلا لیا ہوتا۔ خدا قسم ٹامیوں تک کا بیڑا دُکر ڈالیں! بارہ آنے کا پروگرام پورے ایک روپے کیں لے کر میں تو جلدی سے آگے بڑھی۔ ٹپ دینے کی کمبخت ایسی

بڑی عادت ہوگئی ہے۔

ہال میں جاکر منہ اُتر گیا۔ بس یہ سمجھئے بنگال کے قحط کا سماں کھنچا ہوا تھا۔ پراگندہ اکا دُکا فلک کی ستائی صورتوں کے دو چار بیٹھے اونگھ رہے تھے۔ اے ہے یہ میں نے کیا حماقت کی اس سے تو بھگت بوڈا ناتا" ہی دیکھ آتی۔ خیر کیا ہوا جی میں سوچا لوٹ چلوں کہ ایک دم سے میری نظریں لڑکھڑا کر رک گئیں۔ سامنے تیسری کرسی پر راج بیٹھا ہوا دھوئیں کے بادلوں میں چھپنے کی کوشش کر رہا تھا۔

تو میری بادیہ پیمائی بے کار نہ گئی۔ دوسرے لمحے راج میرے برابر والی کرسی پر تھا اور میں اس کے سگریٹ کے دھوئیں میں غلطاں اور پیچاں۔

لیجئے بسم اللہ ہی غلط۔ پردہ اٹھا تو دو چار ملگجے کپڑے پہنے اُجڑے حلیے کے لوگ نظر آئے۔ نہ پوڈر نہ دوڈز، نہ جھم جھماتے کپڑے۔ بس مسلی ہوئی دھوتیاں اور ڈھیلے ڈھالے کرتے اور قومی ترانہ شروع ہوا۔

مجھے یاد ہے یہی ترانہ علیگڑھ کالج میں صبح گایا جاتا تھا۔ کیا سریلی اور میٹھی لے ہوتی تھی کہ گاتے ہی میں جمائیاں آنے لگتی تھیں اور روز یہی جی چاہتا تھا کہ بس آج تو بجائے پڑھانے کے سب لڑکیوں کو نرم نرم تکیے دے کر ہال ہی میں پڑ رہنے کی اجازت دے دی جائے تو مزہ آجائے۔ شروع میں تو خیر مگر جوں جوں نغمہ تیز ہوتا گیا دل کی حرکت بڑھتی گئی۔ آخر میں ایسا معلوم ہوا کہ دل و دماغ کی ساری کھڑکیاں کھول ہی نہیں

گئیں بلکہ جھنجھوڑ جھنجھوڑ کر توڑ ڈالی گئیں۔ جانو جوتے مار مار کے منوایا جا رہا ہے کہ "ہندستان ہمارا" گرج گرج کر چنگھاڑا جا رہا ہے کہ ایک دفعہ کو بہرا کان بھی چیخ اُٹھے۔ بھلا اِن اللہ کے بندوں سے کس نے کہا ہوگا کہ اتنی گرمی کے زمانے میں ایسا بھڑکتا ہوا راگ رکھ دو کہ دماغ میں چڑ کے لگنے لگیں، درجی بے بات ہلکان ہو جائے۔ غریب راج ویسے ہی جذباتی ہے۔ اس کا سینہ اوپر نیچے ہونے لگا پروگرام کا ورق الٹا۔

اندھیری گھپ اسٹیج پر لال لال بھوت اپنی پوری خباثت سے جھپٹا نقارے کی چنگھاڑ سن کر سارے ساز چونک اُٹھے، غرّانے لگے۔ نفیری چیخ اٹھی اور ستار کے تار جھلّانے لگے۔ سازوں کی فوج پکار پکار کر انسانوں کو پکارنے لگی دم بھر میں جی دار چاروں طرف سے ننگی تلواریں چمکاتے ٹوٹ پڑے۔ پرے کے پرے اُمنڈ کر دشمن پر الٹ پڑے۔ نپے تُلے قدموں سے بڑھتے ہوئے تیکھی تیکھی نظروں سے گھورتے ہوئے وہ سب کے سب نشانہ باندھ کر میری آنکھوں میں گھسنے لگے، مگر مجھے آنکھ جھپکانے کی ہمت نہ ہوئی۔ خدا خدا کر کے پردہ گرا اور میں نے جھنجھوڑ کر اپنے آپ کو جگایا۔ لاحول ولاقوۃ تین آدمی تو تھے ہی اسٹیج پر اور وہ بھی ٹڈے جیسے سوکھے مارے۔ یہ میرے واہمے نے انھیں تین ہزار بلکہ تین لاکھ کیوں بنالیا اور تین ہی تو عورتیں تھیں۔ چھوٹی چھوٹی پھولے پھولے گالوں والی۔ مگر یہ ان کی آنکھوں میں کیا دہک رہا تھا۔ جیسے دبے گھٹے آتش فشاں کا نیلا نیلا دھواں۔ !

جی چاہا گھبرا کر بھاگوں! مگر جیسے وہ مصنوعی تلواریں میرے جسم

کے دو ٹکڑے کر گئی تھی "بھاگ یہاں سے" پیر کہتے تھے۔

"ذرا ٹھہر!" دل نے پکارا۔ ان اعضا کی توتو میں میں سے ہلکان ہوکر میں اور بھی سہم گئی۔ پسینہ پونچھ کر میں نے راج کی طرف دیکھا اور بالکل ہی لرز گئی۔ پر وہ گر چکا تھا، مگر معلوم ہوتا تھا اس کی آنکھوں پر سے جلدی جلدی سینکڑوں پرت پردوں سے اٹھے چلے جا رہے تھے۔ اس کی آنکھوں میں ایک زہر میں بجھی ہوئی چمک تھی اور ہزاروں ننگی تلواریں ناچ رہی تھیں۔ اس کا سینہ بوجھل بادلوں کی طرح اُبل اُبل کر دب رہا تھا۔

"راج!" میں نے اس کے سینے پر ہاتھ رکھ دیا۔ مگر جلد ہی اس بھونچال سے سہم کر میں دور ہٹ گئی۔ "راج!" میں نے پھر پکارا "کیا طبیعت خراب ہے؟" "نہیں تو۔" اس نے اپنے آپ کو کسی دور دراز دنیا سے واپس کھینچ کر کہا "گھر جاؤ گے؟"

"نہیں"... اس نے ڈانٹ بتائی۔ توبہ ہے۔ لعنت ایسے تماشے پر کرجی ہلکان ہوجائے۔" یہ اُلٹے ہاتھ پر شانتی تھا اور سامنے پریم...... میں ان سب کو جانتا ہوں۔" اس نے فخر یہ کہا گویا ان سب کو جاننا مقصدِ زندگی ہو۔

"وہ سجن شنکر تھا، اددے کا رشتہ کا بھائی!"

"ارے وہ لمبو تڑا سا؟"

"وہ لمبو تڑا سا قطعی نہیں تھا۔" اے لو۔ راج بُرا مان گیا۔ "وہ بہت خوبصورت ہے۔" "ضرور ہو گا۔" میں نے جل کر کہا "مگر اددے شنکر کا بھائی

خوب کماتا ہوگا۔" "وہ کچھ بھی نہیں کماتا۔" "گویا کچھ بھی نہ کمانا بڑے کمال کی بات ہے۔" "چالیس روپے ملتے ہیں۔"

"روز؟" "......... تو اور کیا کسی کا سر دے گا۔"

"جی ۔۔ روز نہیں، مہینہ بھر میں۔"

"ارے۔ اور اس سے شنکر اسے کچھ نہیں کہتا۔"

پروگرام کا دوسرا ورق الٹا۔ مگر میں ان احمق نوجوانوں کے متعلق ہی سوچتی رہی۔ آہ یہ ہونہاریوں مٹی میں عاقبت رُلا رہے ہیں۔ ارے صاحب یہی تو وقت ہے کمانے کا۔ اور کچھ نہیں تو کسی فلم کمپنی ہی میں چلے جائیں۔ دیکھئے نا۔ کیا بھیانک ناچ فلموں میں ہوتا ہے اور لاکھوں مل جاتے ہیں۔ اس سے تو کچھ مہاراج ہی زیادہ عقلمند ہے۔ مزے سے ایک ناچ سیکھ لیا ہے بس اسی کے ذریعے ہزاروں کما رہا ہے۔

میں نے چونک کر راج کو دیکھا۔ وہ آتش نشانی کیفیت غائب کر کے مجسّم شعر بنا بیٹھا تھا۔ اسٹیج پر رنگ برنگی چڑیاں سُر تال پر پھدک رہی تھیں معلوم ہوتا تھا وہ ساز پر نہیں ناچ رہی ہیں بلکہ یہ میٹھے میٹھے سُر اُن کی نازک نازک حرکتوں سے ٹپک رہے ہیں۔ ان کی ہر لرزش جھنکار بن کر فضا کو مرتعش کرتی ہوئی چھوٹی چھوٹی لہروں کی صورت میں دل پر چھلے بُنتی جا رہی تھی۔ ننھی ننھی ہزاروں گدگدیاں سی دماغ کی رگوں میں رینگتی احساس کو ڈبو کے دے رہی تھیں۔ اور آج ـــــ؟

راج بے حِس تھا مگر معلوم ہوتا تھا اس کا وجود ناچ رہا ہے۔ اس کی

آنکھیں تھرک رہی ہیں اور تھوڑی دیر کے لیے مجھے ڈر لگنے لگا کہ کہیں یہ عوامی جھمیلا مجھے پسند نہ آجائے۔

"کیا یہ بھی اسی کمپنی میں نوکر ہیں؟" ختم ہونے پر میں نے پوچھا

"نوکر نہیں، یہی مالک ہیں۔"

"خیر ہوں گی" میں نے جل کر کہا "مگر چالیس روپے میں تو....

اور راج نے لمبا چوڑا لکچر دے ڈالا۔ نہ جانے کیا کیا میں سوچتی رہی پاگل ہیں یہ لڑکیاں۔ ذرا دیکھیے نا فلم میں کیوں نہیں چلی جاتیں۔ کیا ایک سے ایک ٹیڑھی تکونی، بھینگی ہیروئن بھری پڑی ہے اور ایک سے ایک زیادہ کما رہی ہے۔

اور ان چھ لڑکیوں کی حماقت سے مجھے لاکھوں کا قومی نقصان ہوتا نظر آیا۔ جبھی تو ہندستان اتنا غریب ہے۔ جدن بائی کو دیکھیے خدا کے فضل سے آج اپنی ذاتی کمپنی کی مالک ہیں۔

اس کے بعد "مقدس رقص" شروع ہوا۔ ارے تو اچھا بھلا رقص کا فن جانتے ہوئے یہ لوگ اتنے احمق کیوں ہیں؟ کم از کم یہ رقص تو کسی طرح بھی معمولی نہ تھا۔ یہ دیکھ کر کچھ ہتک سی محسوس ہوئی کہ اس عوامی تھیٹر میں اس قدر شاندار فن کہیں سے اڑا لیا گیا ہے۔ کس قدر دسترس ہے اور وہ کمبخت طوطے کی شکل والا تو کیا جسم کو مروڑتا ہے۔ ایسا معلوم ہوتا ہے مجھی کو اٹھا اٹھا کر پٹخنیاں دے رہا ہے۔ اور اب جسم کے پرزے پرزے اڑے اور اب اڑے۔

میں تو پختہ ارادہ کر کے آئی تھی کہ یہ پست طبقے کا تماشا پسند کرنا ایک

سرے سے مجھے راس ہی نہیں۔ میں اسے سراسر تضیع اوقات سمجھتی ہوں۔

"یہ کون ہے دھوبی کی شکل کا؟"

"ہُننہ یہ ہنوتے ہے۔" راج نے ایک لمبا سا لکچر پھر شروع کر دیا اور میں ہنسنے لگی۔ کتنی مضحکہ خیز شکل ہے۔ معلوم ہوتا ہے کلوا دھوبی نے گاندھی جی کی آنکھیں چرا کر لگا لی ہیں۔ جب گاتا ہے تو اور بھی غیر انسانی سا معلوم ہوتا ہے۔ اس کے چہرے پر نغمہ کی باریک لڑیاں بکھر جاتی ہیں اور معلوم ہوتا ہے گلے میں تو سازوں کا خلاصہ نچوڑ کر بھر رکھا ہے۔

"یہ کون ہے گول مٹول ریوڑی سی؟"

"یہ پریتی سرکار ہے۔" راج نے اس قدر میٹھی مسکراہٹ سے کہا کہ میرا جی کڑوا ہو گیا۔ میں سوچنے لگی۔ راج کو آج ہی وہ سونے کے بٹنوں کا سیٹ پریزنٹ کرنا پڑے گا۔

"اور وہ کون ہے؟" میں نے کیوپڈ جیسے گھنگھریالے سر اور مونالزا جیسی آسمانی مسکراہٹ میں ڈوبے ہوئے چہرے کو دیکھ کر پوچھا۔

"یہ رُوی واہے، اودے شنکر کا چھوٹا بھائی؟" اور میں سوچنے لگی کہ اودے شنکر کا پورا خاندان کسی مہلک مرض میں مبتلا معلوم ہوتا ہے۔

اور یہ ہر ساز سے مذاق کر رہا ہے۔ ابھی طبلہ ہے تو ذرا سی دیر میں ستار۔ دو گھڑی بعد جا بجن سے چھیڑ چھاڑ اور پھر بانسری سے چٹخارے آدمی ہے کہ سازوں کا جمعدار۔ توبہ۔

ہاں تو بات کہاں سے کہاں جا پہنچی۔ میں کیا کہہ رہی تھی جی کہ وہ لال

چیونٹے۔ مجھے احمق نہ سمجھیے! میں اوٹ پٹانگ کہنے کی عادی نہیں۔ پروگرام کا آخری حصہ شروع ہوا۔ اختتام پر وہی بھولی بسری دہکتی ہوئی سنسان دوپہر جب میں کچے آموں کے لالچ میں پیڑ پر چڑھ گئی تھی۔ اپنی پوری ہولناک تباہیوں کے ساتھ دہرائی جانے لگی۔ دیکھتے ہی دیکھتے لال چیونٹوں کی فوج نے دل و دماغ پر حملہ بول دیا۔ بھیجے کی رگوں میں ڈنک سے چبھنے اور زہر پھیلتا چلا گیا۔ ہوا میں چاروں طرف سے غیر مرئی جانتے گھومنے لگے۔ احساس بیتا خوں کی طرح چٹخنے لگا۔ جوں ہی پردہ گرا میں نے اپنے آپ کو ٹیکسی میں ہانپتے کانپتے ڈرائیور کو جلدی چلنے کی التجا کرتے پایا۔ جیسے میرے پیچھے بھوتوں کے غول کے غول بھاگے چلے آرہے ہوں۔

وہ دن اور آج کا دن خواہ کچھ بھی ہو۔ کتنی بھی اُداسی اور تنہائی چھائی ہوئی ہو۔ زندگی کتنی بھی سستی سے گھسٹ رہی ہو میں اپنے پُرامن بل سے نہیں نکلتی۔

اور آج میں نے سوچا کہ میرا فرض ہے خلق خدا کے بھلے کے لئے آگاہ کردوں۔ اور آپ کو خدا کی قسم یہ مضمون ضرور پڑھیے گا۔ اس سے لاکھوں کا بھلا ہوگا۔ دیکھیے وہ جو میں نے زمانۂ ماضی میں چند احمقانہ چیزیں لکھ دیں انھیں بھول جائیے۔ اب میری کایا پلٹ ہوگئی ہے اور لوگوں کی فلاح و بہبودی ہی میرا دین و ایمان ہے لہذا جاگئے اور کانوں سے روئی کی گولیاں نکال پھینکیے۔ ہتھیار اٹھائیے اور جی توڑ کر دشمن کا مقابلہ کیجیے ورنہ وہی ہوگا جو روس میں ہوا اور جس کے خلاف تمام مہذب قومیں ہتھیار اٹھا چکی ہیں

اٹھا رہی ہیں اور ابد تک اٹھاتی رہیں گی۔ اکھٹے اور ان مہذب قوموں کا ساتھ دیجیے ورنہ یہ برسوں کی گھسٹی گھسائی تہذیب کا نظام ڈگمگا جائے گا یہ صدیوں کے مقدس اصول بکھر جائیں گے۔ عرشِ تمدن کے کنگورے اپنی جگہ چھوڑتے جا رہے ہیں۔ علم و ہنر کو عوام کے غلیظ پیروں تلے کچلنے کے لئے پھینکا جا رہا ہے۔ یہ لال چیونٹے دبے پیر سر جھکائے دھاری دار نیزوں جیسے ڈنک بڑھائے چپکے چپکے ہمارے نظام کی طرف رینگ رہے ہیں۔ آنکھ بچی تو یہ غلیظ شرکوں کے کیڑے جسم کو چاٹ کر کھوکھلا کر ڈالیں گے۔ یہی ناچ رنگ جو آج یہ لوگ تماشہ کہہ کر دکھا رہے ہیں، ایک دن تگنی کا ناچ نہ نچا دے تو میرا نام پلٹ کر رکھ دیجیے گا۔ اس تماشے کے خاتمے پر جو کچھ میں نے دیکھا وہ حقیقت کا لباس نہ پہن لے ورنہ یقین مانیے جارجٹ اور مخمل خواب ہو جائیں گے اور شرفا بھی عوام کی طرح ننگے ہو جائیں گے۔ دیکھیے نا ہماری ملوں میں اتنا کپڑا کہاں سے آیا کہ یہ اتنے ننگے جسم ڈھانک دیے جائیں اور اگر کوشش بھی کی گئی تو بہی سہی شرافت بھی خاک میں مل جائے گی۔ یہ جو دو چار بچا رہے خوش پوش ملک اور قوم کی عزت بنائے بیٹھے ہیں، بھی نہ رہیں گے۔ دہی گاڑھا گزی باہر والے ہنسیں گے۔ وہائٹ آدے کا کیا ہوگا؟ رسیا مل اور بھگو بل کہاں جائیں گے؟ اگر آپ یوں ہی سوتے رہے تو وہ دن دور نہیں جب سب کچھ تباہ ہو جائے گا۔ دیکھیے یہ لال چیونٹے بھی ایک باریک سی قطار میں گزر رہے ہیں۔ ایسا نہ ہو کہ چپکے چپکے یہ قطار قطاروں میں تبدیل ہو جائے۔

مگر یہ تو اطمینان ہے کہ ان کی پہنچ اسکولوں میں نہیں اور ہمارے بچے

مرنے سے صحیح تاریخ رٹ رٹ کر بڑے بڑے عہدے حاصل کر رہے ہیں۔ ان کا اخبار نہ ہی دلچسپ اور نہ چٹ پٹا۔ خشک کاغذی چیتھڑا جس کی اشاعت مست قلندر سے دس گنی کم ہے۔ جو اتنا ردّی چھپتا ہے کہ ردّی کاغذ کی جگہ استعمال کر دو تو کالک چھوٹنے لگتی ہے، مگر یہ نئی چال۔ مگر یہ نئی چال جو عوامی تھئیٹر کی آڑ لیکر چل رہے ہیں کافی دیر سے زیادہ خطرناک ہے۔ ذرا چھچھورا پن دیکھئے ان کا۔ تماشہ کہہ کر ڈگڈگی بجا کر بلاتے ہیں۔ اور وہاں خود آپ کا بھیانک اور مضحکہ خیز ہیولے بنا کر نچانے لگتے ہیں۔ ذرا سوچیئے۔ رقص دیوتاؤں کی ودیا ہے۔ کیا یہ جائز ہے کہ اسے تاریخ کا کچومر بنانے کے لئے پست کیا جائے۔ امر ہندستان میں صاف ان لوگوں نے یہ یقین دلانے کی کوشش کی ہے کہ انگریز بحیثیت سوداگر آئے تھے اور چٹکیوں میں ہندستان کا سوداگر بیٹھے۔ حالانکہ میں نے آٹھویں جماعت میں صاف صاف پڑھا تھا کہ بیچارے انگریزوں نے کافی سے زیادہ انکار کیا مگر مجبوراً قسمیں دے دے کر ہندستان ان کے سر مڑھ دیا گیا۔ سو غریب اُسے اب تک بھگت رہے ہیں حالانکہ دنیا جانتی ہے کہ یہ کتنی شریف اور راست باز قوم ہے۔ ہندستان کی خاطر یہ لوگ کیا کیا دکھ نہیں اٹھاتے۔ حضور گورنر جنرل اپنا اچھا خاصا ملک اجاڑ کر یہاں دوزخ جیسی گرمی برداشت کرنے تشریف لاتے ہیں۔ یہ کیا کچھ کم ہے اور پھر پارٹیاں کھانے اور گیندے کے ہار پہننے کے لئے کتنی کتنی دور جانا پڑتا ہے۔ بیچاری ملکہ وکٹوریہ تو خود دلی تک آگئیں۔ چیلوں کے بیٹھنے کے لئے اپنا مجسمہ تک لگوا دیا۔ اور اس سے زیادہ کوئی کر بھی کیا سکتا ہے۔ خاص طور پر ایسے ضدی ملک کے لئے

جہاں لوگ زبردستی کال ڈالنے کے عادی ہوں۔ اب یہی دیکھیے نا بنگال میں لاکھوں مرگئے مگر کاہلوں سے اتنا نہ ہوسکا کہ کما کھاتے۔ اور تو اور سُنا ہے ہوٹلوں کے باہر پڑے مرتے رہے اندر جانے کی تکلیف گوارا نہ کی۔ کیا کلکتے میں ہوٹلوں کی کمی ہے؟ کبھی یوں ہاتھ پر ہاتھ رکھے بیٹھے رہوگے تو آپ کو بھوک لگے گی۔ کنواں پیاسے کے پاس جاتا ہے یا پیاسا کنوئیں کے پاس۔ اور وقت کی پابندی تو ہم ہندستانیوں کو کبھی آئی اور نہ آئے گی۔ وقت پر نہ کھانے سے بھوک بھی مرجاتی ہے اور بھوک مرجانے سے آدمی آپ ہی مرے گا۔

اگر آپ نے اس زمانے میں ذرا سا بھی فائدہ کمایا ہے تو آپ قطعی یہ تماشہ نہ دیکھنے جایئے گا۔ خواہ مخواہ ان لوگوں کی بدمذاقی کی وجہ سے آپ کے دل کو ٹھیس لگے گی۔ یہ حاسد کسی کا فائدہ ہوتے نہیں دیکھ سکتے۔ کسی نے محنت مزدوری سے چار پیسے کمائے اور ان کے کلیجے میں آگ لگی اور یہ دنیا کا قاعدہ ہے کہ زیادہ تر معصوم منافع خوروں ہی کو بدنام کرتی ہے۔ لوگ ان ہی کے پیچھے پڑے رہتے ہیں۔ اب یہی دیکھئے نا اس ہزار کے نوٹوں والی بدمذاقی میں سوائے کنگال اور بھک منگوں کے اور کون پھنسا ہوگا۔ بیچاروں کو ہزار ہزار کے نوٹ چار چار تین تین سو میں بیچنا پڑے۔ ذرا حساب لگایئے تو معلوم ہوگا کہ ایک ایک کنگلے کو کم از کم لاکھوں کا نقصان اٹھانا پڑا۔ اور پھر لوگ شور مچاتے ہیں کہ ہندستان میں گداگری کی لعنت ہے۔

یہ لوگ ہاتھ دھوکر کالے بازار کے پیچھے پڑے ہیں۔ بزنس کی ہو تو کالے گورے کا پتہ چلے۔ یہ بزنس مذاق نہیں کہ اُٹھے اور ناچنے لگے۔ اکنومکس

کے بارے میں الف کے نام لٹھ نہیں آتا اور چلے ہیں تنقیدیں کرنے! یہ تو شاید بالکل ابتدائی جماعتوں میں سکھایا جاتا ہے کہ رسد کم ـــــ مانگ زیادہ مانگ کم۔ رسد کے پو بارے۔ ایک عقلمند انسان چاہے تو ایک من چاول سے اتنا کما سکتا ہے کہ ایک احمق ایک من سونے سے بھی نہیں کما سکتا۔ صاحب! یہ تو بزنس کے گُر ہیں۔ اگر ہمارے قوم کے بیوپاری اس وقت رسد کنٹرول نہ کرتے تو آج اتنی اطمینان بخش مانگ ہرگز نہ ہوتی۔ ابھی یہی چاول بھوسے کے بھاؤ بکتا۔

اگر آپ یونہی غافل رہے تو وہ دن دور نہیں جب ہندستان میں بھی وہی ہوگا جو دوسرے ذلیل ملکوں میں ہو رہا ہے۔ خواہ آپ کو کتنی بھی سستی ستا رہی ہو، کام ضرور کرنا پڑے گا۔ آپ کے پیارے بچے یتیم خانوں میں چلے جائیں گے۔ اور بیوی سرکاری طوائف بن جائے گی۔ جی ہاں یہی ہوگا۔ چاہے پوچھ لیجئے بڑے بڑے لیڈروں سے سب یہی کہتے ہیں۔ اور کیا! اور میں کہے دیتی ہوں کہ یہ لال جیونٹے تہذیب و تمدن ہی نہیں بلکہ موجودہ سرکار کے خلاف بھی لوگوں کو بھڑکاتے ہیں۔ یہ سب انگریزوں کے پٹھو ہیں۔ اُنھ۔ پتہ نہیں بھئی یہی کہتے ہیں لوگ کہ سرکار برطانیہ نے بڑے غور و خوض کے بعد ان لوگوں کو اپنے خلاف پروپگینڈا کرنے کے لئے مقرر فرمایا ہے۔ کیا پتہ بھئی! لوگ ہی کہتے ہیں کچھ ہوگا۔ جبھی تو دنیا کہتی ہے۔ بڑے بڑے لیڈر کہتے ہیں تو کیا خدا نخواستہ مذاق کرتے ہیں۔

یہ میل کے قائل ہیں۔ صاف بات اس گھمس کی گرمی میں تو میں کسی

سے ملنا حماقت سمجھتی ہوں۔ کہاں یہ کہتے ہیں ایک ہو جاؤ! ذرا سوچیے اگر ایک موٹے سے مٹکے میں ایک سو کھا مارا مسلمان گھول دیا جائے تو کتنا بڑا ڈھیر ہو جائے گا۔ اُبل نہ پڑے گا مادہ؟ اس گرمی کے موسم میں چپچپاتے پسینے میں عرق —— جی چاہتا ہے بس چلے تو اپنے ہی جسم کو چیر کر آدھا کر ڈالیں نہیں بھئی! میں کچھ سچ سے بہت ڈرتی ہوں۔ دوسرے ہندو مسلمان کا جوڑ ہی کیا۔ بھلا آگ اور پانی کا بھی میل ہو سکتا ہے۔ اگر مل بھی جائیں تو نتیجہ؟ بھاپ! اللہ توبہ۔ بھاپ کی سینہ زوری سے کون واقف نہیں! اس ٹھنڈے انجن میں بس بھاپ کی کسر ہے۔ اگر غلطی سے پوری ہو گئی تو بس لوگ منہ پھاڑے دیکھتے رہ جائیں گے اور یہ ہیبت ناک انجن اس جگمگاتی دنیا کو روندتا سر مست ہاتھی کی طرح دندناتا اللہ جانے کہاں جا کر دم لے گا۔

لہٰذا ابھی وقت ہے جاگیے اور اپنی پوری طاقت لگا کر اس خونی فرقے کا مقابلہ کر ڈالیے۔ ان کے بل معلوم کیجیے اور تیز سے تیز فلٹ کا نسخہ ایجاد کر کے استعمال کیجیے۔ یہ ویسے نہ ملیں گے۔ ان جراثیم کی تلاش میں آپ کو اچھے بھلے تندرست جسم چیرنا پڑیں گے۔ ہزاروں ناموں اور کاموں کی آڑ میں چھپے یہ اپنا زہر پھیلا رہے ہیں۔ کہیں یہ اخباروں کے اوراق میں دبکے بیٹھے ہیں تو کہیں ادب کی ٹٹی کی آڑ لے رکھی ہے، کہیں تھیٹروں کا ڈھونگ رچائے نرت اور سنگیت کے ذریعے کانوں میں زہر گھول رہے ہیں تو کہیں پردۂ سیمیں کے نیچے سماج کے حق میں دیمک بن کر رینگ رہے ہیں۔

انھیں ڈھونڈھ نکالیے۔ ہوشیاری سے نتھنے پھلا کر سونگھیے۔ ان کی بو

ملک کے کونے کونے سے خود دوڑی آئے گی اور بس ناک کی سیدھ میں دوڑ کر انہیں پکڑ لیجئے اور پھر......... انجمنیں قائم کیجئے، جلسے کیجئے، لکچر دیجئے، رزولیوشن پاس کرائیے۔ ان کے خلاف پروپگینڈے کا ایسا جال بچھائیے کہ قدم قدم پر منہ کے بل گریں، ان کے اخبار جلا دیجئے۔ پریس بند کر دیجئے۔ ان کی پیشانیوں پر سرخ لوہے سے بالشویک داغ دیجئے۔ یہ لوگ بالشویک ہیں گویا جانتے نہیں۔ ان کی تحریروں پر دفعات لگائیے۔ مقدموں کے ذریعے پھبتیاں دے کر پست کر ڈالئے۔ تاج شاہی کی مدد لے کر کچہریوں میں گھسیٹئے اور یہ جہاں ملیں، جب ملیں، ان کو تباہ کر دیجئے۔ اگر غلطی سے یہ عوامی تھیٹر آپ کے شہر میں پروگرام پیش کرنے آئے تو تمام باثر رؤسا، علمائے دین اور سرکاری افسروں کی مدد حاصل کر کے اس کا مقصد تہ و بالا کر دیجئے۔ ہال کے باہر پکٹنگ کیجئے اور اندر دنگا مچا دیجئے۔ اسٹیج پر اتنا ادھم مچائیے کہ طبل جنگ کی پکاریں یتیم مردہ ہو کر سسکنے لگیں، ورنہ یاد رکھئے اگر یہ خونی گرج ایک بار نئی پود کے کچے کانوں میں گونج گئی تو وہ اسے برداشت نہ کر سکیں گے، اور آج جو تلاطم میں نے راج کے سینے میں مچلتے دیکھا ہزاروں معصوم سینوں کو تہ و بالا کر دے گا، وہ ننگی تلواریں جو آج میں نے راج کی آنکھوں میں ناچتی دیکھیں لاکھوں شریف آنکھوں میں جگمگا اٹھیں گی۔

میں آپ کو بتلائے دیتی ہوں کہ بات ہنسی میں ٹالنے کی نہیں، ایسا نہ ہو کہ اس وقت تو آپ مجھ کو احمقوں کی فہرست میں لگا دیں اور پھر ایک وقت ایسا آئے کہ آپ کو دستِ تاسف ملنا پڑے، پھر کچھ نہ ہو سکے گا۔ چڑیاں کھیت کا کھلیان

کر چکی ہوں گی اور وقت لہراتے ہوئے سانپ کی طرح بغیر لکیر چھوڑے بھاگ چکا ہوگا پھر اس وقت آپ کتنا ہی پچھتائیں، نادم ہوں، مجھے یاد کریں، میرا مجسمہ بنوا کر شاہراہ عام پر کھڑا کر دیں، کچھ بھی نہ ہوگا۔ کیونکہ دیکھئے اگر یہ لال چیونٹے موجودہ نظام کے جسم کو ایک دفعہ لپٹ گئے تو اس جنم میں تو نہ چھوڑیں گے اور پھر یہ بھیانک زخم کسی مرہم سے پُر نہ ہو سکے گا۔

لیکن اگر عوامی تھیٹر کسی نہ کسی طرح اپنا پروگرام دکھلانے پر تُل ہی جائے تو جبر دار ٹکٹ ہرگز نہ خریدئیے گا اور نہ کسی کو خریدنے دیجیے گا۔ ہاں اگر مفت کا پاس مل جائے تو کوئی مضائقہ نہیں۔ کیونکہ پروگرام ان کمبختوں کا واقعی ذرا دلچسپ ہے۔ خاص طور پر پرتیتی سرکار، روپہلی ندی کی طرح لہراتی، بل کھاتی، تھرکتی، اٹھلاتی آواز۔ بنسے کی اتھاہ سمندر جیسی گہری گونجتی، گرجتی، ابھرتی ڈوبتی تانیں اور ریبا کی برساتی جھرنوں کی طرح چھم چھم کرتی، میٹھی میٹھی مرکیاں تھوڑی دیر کے لئے انسان کو .... لاحول ولا قوۃ۔ میں پروگرام پسند کرتے کرتے بچی۔

چھوئی موئی

آرام کرسی ریل کے ڈبے سے لگا دی گئی اور بھابی جان نے قدم اٹھایا
"الٰہی خیر! ...... یا غلام دستگیر ...... بارہ اماموں کا صدقہ۔ بسم اللہ بسم اللہ ...... بیٹی جان سنبھل کے ...... قدم تھام کے ...... پائنچہ اٹھا کے .... سج سج" بی مغلانی نقیب کی طرح للکاریں۔ کچھ میں نے گھسیٹا کچھ بھائی صاحب نے ٹھیلا۔ تعویذوں اور امام ضامنوں کا اشتہار بنی بھابی جان ستے ہوئے غبارے کی طرح ہانپتی سیٹ پر لڑھک بیٹھیں۔

"پاک پروردگار تیرا شکر" بی مغلانی کے منہ سے اور ہمارے دلوں سے نکلا
بغیر ہاتھ پیر ہلائے ہانپ جانے کی عادت شاید وہ ساتھ لے کر تو پیدا نہ ہوئی ہونگی اور نہ ناداں' دایاؤں کی لاڈ بھری گودوں میں انکا ابھار پڑا۔ پھر بھی اوسط درجے کی خوبصورت دبلی پتلی لڑکی چند ہی سال میں پھپھولے کی طرح نازک بن گئی۔ بات یہ ہوئی کہ سیدھی ماں کے کولھے سے توڑ کر بھائی جان کے پلنگ کی زینت بنا دی گئیں اور وہاں ایک شگفتہ پھول کی طرح پڑے مہکنے کے سوا ان پر زندگی کا اور کوئی بار نہ پڑا۔ بی مغلانی

شادی کے دن سے انھیں پالنے پوسنے پر مقرر کر دی گئیں۔ صبح سویرے یعنی جب بڑے لوگوں کی صبح ہوتی ہے۔ سلبچی میں منہ دھلا کر وہیں مسہری پر جوڑا بدل کر چوٹی کنگھی سولہ سنگار کر کے بھرپور دلہن کے ناشتے کا خوان سامنے چن دیا جاتا۔ جیسے ٹھاٹ کا کے میری چھوٹے چھوٹے کلّوں والی بھابی ہتھیلی پر ٹھوڑی رکھے بیٹھی مسکرایا کرتیں۔

لیکن یہ مسکراہٹیں شادی کے دوسرے ہی سال پھیکی پڑ گئیں اور ان کا سلسلہ ہر وقت تھوکنے اور قے کرنے میں گزرنے لگا۔ مہکتے ہوئے پھولوں میں لدی مہ پارہ کے بجائے اس روگ میں مبتلا بیوی کو پا کر بھائی جان بھی بہکنے لگے مگر اماں بیگم اور بی مغلانی کے یہاں تو جانو بہار آ گئی۔ پہلے ہی مہینے سے گدیلے پوتڑے اس زور و شور سے سلنے لگے جانو کل ہی برسوں میں زچگی ہونے والی ہو مارے تعویذوں کے جسم پر تل دھرنے کی جگہ نہ رہی۔ آئے دن کے ٹونے ٹوٹکے دم بولانے لگے۔ ویسے ہی بھابی جان کے دشمن کاہے کو چلنے پھرنے کے شوقین تھے اب تو بس کروٹ بھی لیں تو مغلانی بی اللہ بسم اللہ کے جُز جُز کاروں سے گھر سر پر اٹھا لیتیں اور بس دن بھر وہ کچے گھڑے کی طرح سینت کر رکھی جاتیں۔ صبح شام پیر فقیر دم درود کرنے اور پھونکیں مارنے آتے۔

لیکن باوجودیکہ مغلانی کا پہرہ سخت تھا، کچا گھڑا وقت سے پہلے ہی کھل گیا اور ارمانوں پر پانی پھر گیا۔ ڈال پھر خالی رہ گئی۔ بور جھڑ گیا۔ پر جان بچی لاکھوں پائے، اللہ اور دے گا۔ گھر کی دولت ہے۔ اللہ نے اور دیا۔ پہرہ پہلے سے چوگنا ہو گیا۔ مگر پھر ہاتھ خالی۔ تیسری دفعہ تو معاملہ ذرا قابل غور بن گیا۔ مارے دواؤں کے

بھابی جان کا پیٹ تن کر نکل گیا۔ رنگ ایک سرے سے غائب۔ صرف پھولی پھولی اُبلی ہوئی شکر قند جیسی رہ گئیں۔ بھائی جان کی شام رات کے بارہ بجے ہونے لگی بی مغلانی اور اماں بیگم کے تیور بھی ذرا چڑھنے اُترنے لگے اور بھابی جان کو مری پر پڑے بڑے بھائی جان کی دوسری شادی کے شادیانے سنائی دینے لگے۔

اور جب اللہ اللہ کر کے پھر وہ دن آیا تو پیروں، مریدوں کے علاوہ دہلی کے ڈاکٹر بھی اپنے سارے تیر تفنگ لے کر تعنات ہو گئے۔ خدا کے کرم سے انگنا جھینہ لگا اور بھابی جان صابن کے بلبلے کی طرح روئی کے پھولوں پر رکھی جانے لگیں۔ کسی کو قریب کھڑے ہو کر چھینکنے یا ناک سنکنے کی بھی اجازت نہ تھی مبادا ردعمل سے بلبلہ شق نہ ہو جائے۔

اب ڈاکٹروں نے کہا خطرہ نکل گیا تو اماں بیگم نے بھی سوچا کہ زچگی علیگڑھ ہی میں ہو۔ ذرا سا تو سفر ہے۔ گو بھابی جان دلّی چھوڑتے لرزتی تھیں۔ جہاں کے ڈاکٹروں نے انکا اتنا سفر صحیح و سالم کٹوا دیا تھا۔ اب آنکھوں کی سوئیاں ہی تو رہ گئی تھیں۔ دوسرے وہ زمانے کے تیور دیکھ رہی تھیں، اگر اب کے وار خالی گیا تو بھائی جان کو ان کے سینے پر سوت لانے میں کوئی بہانہ بھی آڑے نہ رہے گا اب تو وہ نام چلانے والے کی آڑ لے کر سب کچھ کر سکتے تھے۔ خبر نہیں بیچارے کو اتنا اپنا نام زندہ رکھنے اور اُسے چلانے کی کیوں فکر پڑی تھی حالانکہ خود ان کا کوئی اونچا نام تھا ہی نہیں۔ دنیا میں۔ مسہری کی زینت کا جو ایک اہم فرض ہے، اگر وہ بھی نہ پورا کر سکیں تو یقیناً انھیں سکھ کی سیج چھوڑنا پڑے گی۔ یہ چند سال نوجوانی اور حسن کے بل بوتے پر وہ ڈٹی رہیں، پر اب تو ذرا تخت کے پائے ڈگمگاتے

جا رہے تھے اور وہ انھیں الٹ دینے کو تیار تھا اور پھر اس تخت سے اتر کر بے چاری کے پاس دوسری جگہ کہاں تھی۔ سینا پرونا تو انھوں نے سیکھا اور نہ اس میں جی لگے دو بول پڑھے تھے، سو وہ بھی بھول بھال گئی تھیں۔ سچ تو یہ ہے کہ دنیا میں اگر ان کا کوئی کھلانے پلانے والا نہ رہے تو وہ صرف ایک کام اختیار کر سکتی ہیں۔ یعنی وہی خدمت جو وہ بھائی جان کی کرتی تھیں خلقِ خدا کی کریں۔

لہذا وہ جی جان سے اس بار ایک ایسا ہتھیار مہیا کرنے پر تلی ہوئی تھیں جس کے سہارے ان کے کھانے پہننے کا انتظام تو ہو جاتا۔ باپ، نہ سہی دادا دادی تو پا لیں گے ہی۔

زبردست کا ٹھینگا سر پر۔ اماں بیگم کا نادر شاہی حکم آیا اور ہم لوگ یوں لدے پھندے علی گڑھ چل پڑے۔ نئے تعویذوں اور ٹوٹکوں سے لیس ہو کر بھابی جان میں بھی اتنی ہمت ہو گئی

"الٹی میٹم" بی مغلانی انجن کی ٹکر سے بے خبری میں دھڑام سے گریں اور بھابی جان نے لیٹے لیٹے دونوں ہاتھوں سے گھڑا دبوچ لیا۔

تبے ہے یہ گاڑی ہے کہ بلا چلا الٰہی پیروں کا صدقہ .... اے مشکل کشا" بی مغلانی بھابی جان کا پیٹ تھام کر بڑبڑ کر کے درود اور کلامِ پاک کی آیتیں پڑھنے لگیں۔ خدا خدا کر کے غازی آباد آ گیا۔

طوفان میل کا نام بھی خوب ہے۔ دندناتی چلی جاتی ہے۔ رکنے کا نام ہی نہیں لیتی۔ ڈبہ پورا اپنے لئے ریزرو تھا۔ بھیڑ بھاڑ کا خدشہ ہی نہ تھا۔ میں کھڑکی کے سامنے والی گاڑی میں بھری ہوئی مخلوق کے مطالعے میں محو اور بی

مغلانی انجن کی سیٹی کے خوف سے کان بند کئے بیٹھی تھیں۔ بھابی جان کو تو دور ہی سے بھیڑ کو دیکھ کر چکر آ گیا اور وہ وہیں برتھ پر بسر گئیں۔ جوں ہی ریل رکی ڈبّہ کا دروازہ کھلا اور ایک گنواری گھسنے لگی۔ قلی نے بہتیرا گھسیٹا، مگر وہ چلتی ریل کے پائیدان پر ڈھیٹ چھپکلی کی طرح لٹک گئی اور بی مغلانی کی "ہیں ہیں" کی پرواہ نہ کر کے اندر رینگ آئی اور غسل خانے کے دروازے سے پیٹھ لگا کر ہانپنے لگی۔

"اے ہے موئی توبہ ہے" بی مغلانی منمنائیں "اے نگوڑی کیا پورے دن سے ہے؟"

"نہیں، ہوئی بیدم عورت نے اپنے پپڑیاں جمے ہونٹوں کو بمشکل مسکراہٹ میں پھیلایا اور اثبات میں سر ہلایا۔

"اے خدا کی سنوار دیدہ تو دیکھو سردار کا..... توبہ ہے اللہ توبہ" اور وہ باری باری اپنے گالوں پر تھپیڑ مارنے لگیں۔

عورت نے کچھ جواب نہ دیا صرف درد کی شدت سے تڑپ کر غسل خانے کا دروازہ دونوں ہاتھوں سے پکڑ لیا۔ سانس اوبے ترتیب ہو گیا اور پیشانی پر پسینے کے قطرے ٹھنڈی مٹی پر اوس کی بوندوں کی طرح پھوٹ آئیے۔

"اری کیا پہلوٹھی کا ہے؟" بی مغلانی نے اس کے الھڑپن سے خوفزدہ ہو کر کہا اور اس بار کرب کا ایسا حملہ پڑا کہ وہ جواب ہی نہ دے سکی۔ اس کے چہرے کی ساری رگیں کھنچنے لگیں، لمبے لمبے آنسو اس کی ابلی ہوئی آنکھوں سے پھوٹ نکلے۔ بی مغلانی ہے ہے، اوئی، ہائے، کرتی رہیں اور وہ درد کی لہر کو گھونٹتی

رہی ہیں بسور رہی تھی اور بھابی جان سسکیاں لے رہی تھیں

"اے ہے بی کنواری کیا مزے سے ٹیبھی دیکھ رہی ہو۔ اے بیٹی ادھر منہ کر کے بیٹھو" اور کنواری نے جلدی سے منہ اُدھر کر لیا۔ پھر جوں ہی درد کی لہر سے تڑپ کر انھوں نے آواز نکالی گردن قابو میں نہ رہ سکی' اور بی مغلانی نے صلواتیں سنانی شروع کیں" اوئی توبہ جیسے ایک بچے کو دنیا میں داخل ہوتے دیکھ کر میرا کنوارپن مسخ ہی تو جائے گا۔ بھابی جان دوپٹہ منہ پر لپیٹے بسور رہی تھیں۔ بی مغلانی ناک پر برقعہ رکھے خی خی تھوک رہی تھیں اور ریل کے فرش کی جان کو رو رہی تھی۔

ایک دم ایسا معلوم ہوا ساری دنیا سکڑ کر کھڑی ہو گئی۔ فضا گھٹ کر ٹیڑھی میڑھی ہو گئی۔ شدتِ احساس سے میری کنپٹیاں لوہے کی سلاخوں کی طرح اکڑ گئیں اور بے اختیار آنسو نکل پڑے۔ میں نے سوچا عورت اب مری اور اب مری کہ ایک دم سے فضا کا تشنج رک گیا۔ بی مغلانی کی ناک کا برقعہ پھسل پڑا اور بالکل بھابی جان کی سلیم شاہی جوتیوں کے پاس لال لال گوشت کی بوٹی آن پڑی۔ حیرت اور مسرت کی ملی جلی چیخ میرے منہ سے نکلی اور جھک کر اس ننھی سی کائنات کو دیکھنے لگی جس نے اپنا لمبا چوڑا دہانہ کھول کر ہائے توبہ ڈال دی۔

بی مغلانی نے میری چوٹی پکڑ کر مجھے کونے میں ٹھونس دیا اور اس عورت پر گالیوں اور ملامتوں کا طومار لے کر ٹوٹ پڑیں۔ میں نے سیٹ کے کونے سے آنسوؤں کی چلمن سے جھانک کر دیکھا تو وہ عورت مری نہ تھی بلکہ اس کے سوکھے ہوئے ہونٹ جنھیں اس نے چبا ڈالا تھا۔ آہستہ آہستہ مسکراہٹ میں پھیل رہے تھے

اس نے ننھے سے سائل کی داویلا سے بے چین ہو کر آنکھیں کھول دیں۔ آزی ہو کر اس نے اسے اٹھا لیا۔ کچھ دیر وہ اپنے ناتجربہ کار ہاتھوں سے اسے صاف کرتی رہی۔ پھر اس نے اوڑھنی سے دھجی پھاڑ کر نال کو کس کر باندھ دیا۔ اس کے بعد وہ بے کسی سے ادھر ادھر دیکھنے لگی۔ مجھے اپنی طرف مخاطب دیکھ کر وہ ایک دم کھل کھلا کر ہنس پڑی "کوئی چھری چکو ہے بی بی جی؟"

بی مغلانی گالیاں دیتی رہ گئیں۔ بھابی جان نے بسور کر میرا آنچل کھینچا پر میں نے ناخون کاٹنے کی قینچی اسے پکڑا دی۔

اس کا سن میرے ہی اتنا ہوگا یا شاید سال چھ مہینے بڑی ہو۔ وہ اپنے الھڑ ناتجربہ کار ہاتھوں سے اپنے بچہ کا نال کاٹ رہی تھی جو اس نے چند منٹ پیشتر جنا تھا۔ اسے دیکھ کر مجھے وہ بھیڑ بکریاں یاد آنے لگیں جو بغیر دائی اور لیڈی ڈاکٹر کی مدد کے گھاس چرتے چرتے پیڑ تلے زچہ خانہ رما لیتی ہیں اور نوزائیدہ کو چاٹ چاٹ کر قصہ ختم کرتی ہیں۔

بزرگ لوگ کنواری لڑکیوں کو بچہ کی پیدائش دیکھنے سے منع کرتے ہیں اور کہتے ہیں کہ زیب النسا نے اپنی بہن کے ہاں بچہ پیدا ہوتے دیکھ لیا تھا تو وہ ایسی ہیبت زدہ ہوئی کہ ساری عمر شادی ہی نہ کی۔ شاید زیب النسا کی بہن میری بھابی جان جیسی ہوگی، ورنہ اگر وہ اس نفیری کے بچہ پیدا ہوتے دیکھ لیتی تو میری ہی ہم خیال ہو جاتی کہ سب ڈھونگ رچاتے ہیں۔ بچہ پیدا کرنا اتنا ہی آسان ہے جتنا بھابی جان کے لیے ریل پر سوار ہونا یا اترنا۔

اور مجھے تو کچھ ایسی بھیانک قسم کی شرم کی بات بھی نہ معلوم ہوئی۔ اس سے

کہیں زیادہ بیہودہ باتیں بی مغلانی اور اماں ہر وقت مختلف عورتوں کے بارے میں کیا کرتی تھیں جو میرے کچے کانوں میں جا کر بھٹے سیسوں کی طرح بھونا کرتی تھیں۔

تھوڑی دیر تو وہ پھوہڑ پن سے بچے کو دودھ پلانے کی کوشش کرتی رہی۔ آنسو خشک ہو چکے تھے اور وہ کبھی کبھی ہنس رہی تھی جیسے اسے کوئی گدگدا رہا ہو۔ جب بی مغلانی کے ڈانٹنے پر وہ سہم گئی اور بچے کو چیتھڑوں میں لپیٹ کر اگلی سیٹ کے نیچے رکھ دیا اور اُٹھ کھڑی ہوئی۔ بھابی جان کی چیخ نکل گئی۔

اتنے میں بی مغلانی بھابی جان کو ٹٹولتی سہلاتی رہیں۔ اس نے باتھ روم سے پانی لا کر ڈبہ کو صاف کرنا شروع کیا۔ بھابی جان کی زرکار سلیم شاہی دھو پونچھ کر کونے سے لگا کر کھڑی کر دی۔ پھر اس نے پانی اور چیتھڑوں کی مدد سے ڈبہ سے جلد زچگی کے نشانات دور کر ڈالے۔ اتنے ہم تینوں مقدس بی بیاں سیٹوں پر لدی احمقوں کی طرح اسے دیکھتی رہیں۔ اس کے بعد وہ بچہ کو چھاتی سے لگا کر باتھ روم کے دروازے کے سہارے ہو بیٹھی جیسے کوئی گھر کا معمولی کام کاج کر کے جی بہلانے فرصت سے بیٹھ جائے اور چنے چباتے چباتے اونگھ گئی۔ خورجہ پر گاڑی کے دھچکے سے وہ چونک پڑی۔ گاڑی رکتے رکتے اس نے ڈبے کا دروازہ کھولا اور پیر تولتی اتر گئی۔

ٹکٹ چیکر نے پوچھا "کیوں ری ٹکٹ؟" اور اس نے مسرت سے بے تاب ہو کر جھولی پھیلا دی جیسے وہ کہیں سے جھڑبیری کے بیر چرا کر لائی ہو۔ ٹکٹ چیکر منہ پھاڑے کھڑا رہ گیا۔ اور وہ ہنستی پیچھے مڑ مڑ کر دیکھتی بھیڑ میں گم ہو گئی۔

"خدا کی سنوار ان خانگیوں کی صورت پر۔ یہ حرامی حلالی جنتی پھرتی ہیں موئی جادوگرنیاں" بی مغلانی بڑبڑائیں۔ ریل نے ٹھوکر لی اور چل پڑی۔

بھابی جان کی سسکیاں ایک منظم چیخ میں اُبھر آئیں "ہے ہے مولا خیر تو ہے بیگم دلھن!" بی مغلانی ان کا متغیر چہرہ دیکھ کر لرزیں۔

اور وہاں خیر غائب تھی!

اور بھابی جان کے ہونق چہرے پر بھائی جان کی دوسری شادی کے تاشے باجے خزاں برسانے لگے:-

قسمت کی خوبی دیکھیے ٹوٹی کہاں کمند
دو چار ہاتھ جبکہ لبِ بام رہ گیا

نئی روح دنیا میں قدم رکھتے جھجک گئی اور منہ بسور کر لوٹ گئی۔ میری بینچ پُھلا رانی نے جو طلسم ہوش ربا قسم کی زچگی دیکھی تو مارے ہیبت کے گل گر گیا۔